ro
ro
ro

ERIKA

Elke Heidenreich

ERIKA

ERZÄHLUNGEN

Rowohlt Taschenbuch Verlag

Veröffentlicht im Rowohlt Taschenbuch
Verlag GmbH, Reinbek bei Hamburg,
Januar 2001
Die Erzählungen der vorliegenden Ausgabe
wurden dem Band «Kolonien der Liebe»
entnommen.
Copyright © 1992 by Rowohlt Verlag
GmbH, Reinbek bei Hamburg
Umschlaggestaltung
Barbara Hanke / Cordula Schmidt
(Foto: Tony Stone Images
Satz Minion PostScript (PageOne)
Gesamtherstellung Clausen & Bosse, Leck
Printed in Germany
ISBN 3 499 22972 2

Die Schreibweise entspricht den Regeln
der neuen Rechtschreibung.

INHALT

Die Liebe
7

Der Hund
wird erschossen
34

Erika
57

DIE LIEBE

Mein erster Freund hieß Hansi. Er hatte dünnes braunes Haar, große erschrockene Augen und einen kleinen Spitzmausmund, und ich hatte mich in ihn verliebt, als er mir im Bus auf der Heimfahrt von einer evangelischen Jugendfreizeit die Geschichte vom Schulfreund erzählte, der sich vor seinen Augen vom Kölner Dom gestürzt hatte. Wir saßen ganz hinten im Bus. Hansi griff nach meiner Hand und sagte: «Ein Teil der Klasse ist auf den Dom gestiegen, die andern sind unten geblieben, ich auch. Und da kam er plötzlich angesegelt.»

Wir fuhren gerade durch Hagen im Sauerland. Es war sechs Uhr abends, es regnete, und wir waren vierzehn Jahre alt. Den Kölner Dom kannte ich von Postkarten, und Hansi beschrieb jetzt, wie der Körper durch die Luft gefallen war wie ein dunkler Vogel, sich drehte, aufschlug, wie es krachte, das Blut spritzte, die Menschen schrien. «Bis an mein Hosenbein ist es gespritzt», sagte Hansi, seine Hand war kalt, und ich küsste ihn mitten auf seinen Mäusemund und dachte mir, wie es gewesen wäre, wenn meine dicke Mutter vom Kölner Dom gesprungen wäre.

Ein bisschen grauste mir bei dem Gedanken, aber ich stellte mir das gewaltige Spektakel und die aufregenden Folgen vor. Ich wäre damals meine Mutter sehr gern irgendwie losgeworden. Sie hatte immer schlechte Laune und so eine Art, mir mit nassem Spuckefinger Flecken im Gesicht wegzuwischen, mir beim Waschen zuzusehen und mit mir in einer Sprache zu reden, als wäre ich der Hofhund: «Los, hopp, jetzt aber, ab in dein Zimmer, ich will nichts mehr hören, noch ein Wort, Sonja, und es knallt.» Wenn mich damals jemand fragte: «Was willst du denn mal werden, Sonja?», antwortete ich meist: «Waisenkind», und wirklich war das mein größter Wunsch. Ich las alle Bücher, die vom Schicksal der Waisenkinder handelten, und beneidete Waisenkinder glühend. Natürlich gab es da zunächst durchweinte Nächte und Qualen des Herzens, aber ich stellte doch rasch fest, dass es später im Leben kaum jemandem so gut ging wie gerade diesen als Kind so unglücklichen Waisen. Reichlich machte ein großherziger Onkel meist die Prügel sadistischer Nonnen im Waisenhaus wieder gut, ein verlockendes Erbe wartete, oder die verstorbene Mutter hatte plötzlich noch eine grundgute Schwester, die sich um das verlassene Kind kümmerte und es großartig behandelte, und aus Waisenkindern wurden in der Regel geachtete, gütige Mitglieder der Gesellschaft, die den Peinigern ihrer Jugend hochherzig verziehen. So weit wollte ich es allerdings nicht kommen lassen. Verzeihen wollte ich nicht, und sollte ich am Jüngsten Tag meine dicke Mutter im Himmel oder in der Hölle wieder treffen und sie würde mir mit Spucke im Gesicht herumreiben und sagen: «Wie grauenhaft du immer aussiehst, Sonja», dann würde ich mich abwenden wie einst Jesus von Maria und sagen: «Weib, was habe ich mit dir zu schaffen?» Meine Mutter war sehr blond, sehr stabil und kerngesund. Mein Vater trieb sich mit jungen Brünetten herum, war sportlich und trank Sekt für seinen Kreislauf. Die Aussicht, Waisenkind zu werden, war gering.

Außer Waisenkind wäre ich am zweitliebsten tot gewesen. Oft hielt ich die Luft an, bis ich schon ganz blau im Gesicht wurde, aber im letzten Moment kam mir immer das Atmen dazwischen. Einmal habe ich mich auf die Zugschienen gelegt und mir vorgestellt, wie die Familie weinend an meinem Sarg stehen und endlich begreifen würde, dass ein Kind auch ein Mensch ist, aber es kam kein Zug, und schließlich war es mir zu kalt geworden. Der Sturz mit verbundenen Augen von der steinernen Kellertreppe brachte zwei Klammern im Kinn, ein zerschmettertes Knie, drei Wochen Krankenhaus und ein paar Ohrfeigen von meiner Mutter, die sich wieder einmal darin bestätigt sah, dass ein Kind ein emanzipiertes Frauenleben gründlich und für alle Zeit verdirbt.

Hansi erzählte mir die Geschichte vom Kölner Dom noch vier-, fünfmal, dann wurde es langweilig, und ich verliebte mich in Rölfchen. Rölfchen war klein, kräftig, hatte strahlend blaue Augen und roch so gut, dass ich später im Leben einmal mit einem Mann für eine Nacht mitgegangen bin, nur weil er genauso roch. Damals wussten wir von solchen Leidenschaften noch nichts, aber ich schnupperte an Rölfchens Hals, und er küsste mich und sagte: «Du riechst aber auch toll», und das waren dann die Pröbchen aus der Drogerie – «Je reviens» oder «Soir de Paris».

Rölfchen und ich saßen nachmittags in unserem Wohnzimmer, weil meine Eltern berufstätig waren. Wir hörten Radio und tranken Eckes Edelkirsch aus geschliffenen Likörgläsern, rauchten Muratti Kabinett und lasen uns aus «Vom Winde verweht» die Stelle vor, wo Rhett Butler Scarlett O'Hara auf seinen starken Armen die Treppe hochträgt. Und dann? Wir waren so sehr auf der

Suche nach der Liebe, und wenn meine Mutter abends von der Arbeit kam, hatte ich verräterische hochrote Wangen. Der Aschenbecher war gespült, die Gläser standen im Schrank, das Zimmer war gelüftet, aber sie sagte: «Mir machst du nichts vor, Sonja, hüte dich», und beauftragte Frau Markowitz zu kontrollieren, wen ich tagsüber mit nach oben brächte. Frau Markowitz wohnte Parterre links und hatte immer die Wohnungstür angelehnt, um mitzukriegen, was im Haus so vor sich ging. Wir warteten im Kellereingang, bis ihr Mann einen Hustenanfall bekam und sie an sein Bett lief, dann konnten wir schnell an ihrer Tür vorbei nach oben huschen. Gregor Markowitz hatte sich auf Zeche Helene Amalie eine Staublunge geholt und starb nun schlecht gelaunt zu Hause vor sich hin. Er brüllte seine Frau an und schlug sie, wenn sie in Reichweite war, um sich für irgendwas zu rächen. Und sie rächte sich an mir, indem sie meiner Mutter sagte: «Ich glaube, die Sonja sitzt mit so einem Bengel halbe Tage da oben allein, richtig ist das nicht, oder? Und wenn ich klingel, machen sie nicht auf.»

Ich gewöhnte mir damals an, nicht mehr zurückzuzucken, wenn die Hand meiner Mutter niedersauste, ich weinte auch nicht mehr. Ich hielt ganz still und dachte: Das kriegt sie alles wieder, und ich träumte von der Liebe. Es MUSSTE sie einfach geben, das sah man ja an Rhett Butler und Scarlett O'Hara, und mit Rölfchen fühlte ich mich auch sehr wohl – aber war das schon die Liebe?

Meine Freunde wechselten in rascher Folge, ich legte auch Kusslisten an. Ich war ganz rasch bei Nr. 36, denn ich küsste, was mir in die Quere kam – ein Pfarrerssohn war dabei und ein Drogist, ein Angestellter in einer Eisenwarenhandlung, der achtzehn Jahre älter war als ich, und ein Franzose mit einem grünen und einem braunen Auge, den ich in der Jugendherberge kennen lernte. Beim Jahreswechsel übertrug ich die Kussdaten mit den dazugehörigen Initialen in mein neues Tagebuch. Leider konnte ich die Namen nicht ausschreiben, denn es gab nichts zum Abschließen, und meine Mutter schnüffelte hinter allem her und las auch mein Tagebuch, wann immer sie es fand. Deshalb wusste ich schon im Februar nicht mehr, wer am 14. August P. W. gewesen war – vielleicht der Schwammhändler aus Bremen, den ich in der «Venezia»-Eisdiele kennen gelernt hatte und mit dem ich in «Toxi» war? Nach dem Film «Toxi» wäre ich übrigens sehr gern auch Negerkind geworden, ein interessantes, tragisches Schicksal, das mit Verkennung und Verachtung beginnt und mit Liebe endet – aber Negerkind zu werden war natürlich völlig aussichtslos, dann schon eher Waise, aber inzwischen wollte ich eigentlich auch nur noch so rasch wie möglich erwachsen werden, viel Geld verdienen, von zu Hause weggehen, nie mehr wiederkommen und endlich die Liebe kennen lernen.

Meine Mutter sagte immer: «Hör du bloß auf mit deinen saublöden Liebesgeschichten und mach lieber deine Schularbeiten.» Die Liebe, behauptete sie, sei ein Scheißdreck, ein einziger gigantischer Schwindel, und ich solle mir doch nur meinen Vater ansehen.

Ich hatte selten Gelegenheit dazu, mir meinen Vater anzusehen – er war fast nie da. Ich hörte ihn manchmal leise heimkommen, wenn ich schon im Bett lag und im dunklen Zimmer davon träumte, wie wunderbar das Leben werden würde, wäre ich nur hier erst raus. Morgens, wenn ich zur Schule ging, waren meine Eltern beide schon weg. Mein Vater ging ganz früh aus dem Haus, und meine Mutter kam in Hut und Mantel kurz vor sieben Uhr in mein Zimmer, riss die Fenster weit auf, zog mir die Bettdecke weg, steckte sie in den Kleiderschrank, drehte das Licht an und sagte: «Raus aus dem Bett. Sieben Uhr. Ich geh jetzt.» Danach knallte die Wohnungstür, weg war sie, und ich blieb noch einen Augenblick frierend liegen und versuchte, meine Füße unter mein Nachthemd zu stecken. Dann wurde es mir endgültig zu kalt, ich stand auf und wusch mich in der Küche. Nebenher aß ich das Leberwurstbrot, das meine Mutter mir hingelegt hatte, und dann ging ich zur Schule. Sonntags war mein Vater manchmal zu Hause. Er lag dann auf dem Küchensofa, eine Zeitung über dem Gesicht, wohl um uns nicht sehen zu müssen, und hörte die Sportberichte im Radio. Ich saß am Tisch über meinen Schulaufgaben, aber in Wirklichkeit schielte ich zu ihm hin – er hatte schöne kleine Hände und trug auch im Haus immer tipptopp gebügelte, blauweiß gestreifte Hemden, die er in einer Wäscherei waschen und bügeln ließ, weil meine Mutter sagte: «Sonst noch was.» Einmal hatte er sie gebeten, ihm einen Knopf anzunähen, und sie hatte geantwortet: «Lass das doch eins von deinen Flittchen machen», und damit war der Fall ein für alle Mal erledigt. Manchmal kitzelte ich meinen Vater am Fuß – er trug immer dunkelblaue Baumwollsocken –, und dann wackelte er mit den Zehen und sagte unter seiner Zeitung hervor: «Wer kann das wohl gewesen sein?», und meine Mutter zog mich an den Haaren und sagte: «Lass das gefälligst.» Sie klapperte möglichst laut in der Küche herum, und schließlich nahm er die Zeitung vom Gesicht, zwinkerte mir kurz zu, seufzte, zog seine Schuhe wieder an und ging. Ich sah ihn selten, aber er roch gut, war freundlich mit mir und schlug mich nie. Ich weiß noch, dass mein Vater, obwohl er eher klein und zierlich war und schütteres Haar hatte, eine unerklärlich starke Wirkung auf Frauen ausübte – sie sahen ihn jedenfalls entzückt an, fanden ihn charmant und sagten: «Walter, was du für schöne blaue Augen hast.» Auf meine Mutter hatte er diese Wirkung natürlich nicht, oder vielleicht nicht mehr, denn irgendwann muss da ja mal was gewesen sein, dachte ich, sonst könnte es mich doch nicht geben. Aber als ich einmal an einem ziemlich friedlichen Abend, als im Radio ein Hörspiel mit René Deltgen lief, dessen Stimme meine Mutter mochte, so ganz nebenbei die Frage stellte: «Du und Papa, habt ihr euch eigentlich früher geliebt?», da stand meine Mutter abrupt auf, drehte das Radio aus und sagte: «Marsch ins Bett, Sonja, und keine blöden Fragen bitte.»

In dieser Familie bekam man einfach nichts erklärt, und die Liebe war hier gänzlich unbekannt, so viel war mir inzwischen klar.

Eines Sonntagnachmittags kam ich aus der Eisdiele, wo ich einen rothaarigen Geiger geküsst hatte, und schon von weitem sah ich, dass bei unserem Haus etwas los war. Aus dem zweiten Stock, wo wir wohnten, flogen Gegenstände auf die

Straße: ein Paar Schuhe, der eine hierhin, der andere dorthin, eine Jacke breitete ihre Ärmel aus und trudelte zu Boden, eine Hose mit flatternden Beinen folgte, ein paar gefaltete, gebügelte Hemden kamen nach. Unten stand mein Vater, sammelte alles auf und rief: «Hilde, nun lass es doch!», und oben sah ich die Hände meiner Mutter, wie sie Socken und Unterwäsche aus dem Fenster schleuderten, und ich hörte ihre Stimme: «Lass dich ja nicht mehr hier blicken!» Die Markowitz stand bei meinem Vater, half ihm aufsammeln und sagte: «Mein Gott, so vor allen Leuten, die hat sie ja nicht alle, Ihre Frau», und mein Vater sagte, als ich näher kam: «Sonja, geh ins Haus.» Ich blieb aber stehen und sah zu, wie er die Sachen in sein Auto trug, sie auf den Rücksitz warf und einstieg. Dann kurbelte er nochmal das Fenster runter, sah mich an mit seinen blauen Augen, grinste ein bisschen und sagte: «Das war's dann wohl. Sie will es ja nicht anders. Lass dich nicht unterkriegen, Sonja, ich komm ab und zu mal vorbei.»

Er fuhr ab, und ich habe ihn erst acht Jahre später wieder gesehen, als er tot und blau angelaufen in der Leichenhalle aufgebahrt lag und eine junge Frau um ihn weinte und seine Hand hielt. Als ich dazukam, zog sie ihm den Siegelring ab, den er von seinem Vater geerbt hatte und immer am kleinen Finger trug, gab ihn mir und sagte: «Der ist für dich.» Jahre später habe ich diesen Ring in einem Hotel liegen lassen und nicht wieder zurückbekommen.

Mein Vater hatte uns nun also verlassen, und kurz darauf wurde meine Mutter krank und musste für Wochen in eine Klinik. «Waisenkind!», dachte ich, aber inzwischen war das Zimmer meines Vaters schon an eine Lehrerin vermietet, die Befehl hatte, auf mich aufzupassen. Die Lehrerin hatte ein Verhältnis mit einem verheirateten Mann, das sie so in Anspruch nahm, dass das Aufpassen ziemlich flüchtig ausfiel. Er kam nur am Wochenende – er lebte in einer anderen Stadt –, und dann gingen sie von Samstag auf Sonntag in ein Hotel. Das hatte meine Mutter sich ausbedungen – «Wegen dem Kind». In der Zeit saß ich in ihrem Zimmer und las die Briefe, die der verheiratete Mann ihr schrieb und mit denen sie sich Abend für Abend zurückzog, nie ohne zwei Flaschen Wein dazu zu trinken. Die Briefe waren zwischen ihrer Wäsche versteckt und mit Schreibmaschine geschrieben, deshalb konnte ich sie leicht lesen. «Mein Hase», schrieb er, «mein einziger Hase, du, mit deinem weichen Fell, an das ich denke und in das ich meine Nase stecken möchte.»

Die Lehrerin hatte struppiges braunes Haar, das nicht nach Hasenfell aussah, aber wahrscheinlich verdrehte die Liebe die Tatsachen.

Leider wurde meine Mutter wieder gesund und schlug zu wie eh und je. Sie und die Lehrerin saßen stundenlang abends in der Küche und redeten über die Männer, und der Geliebte brachte an den Wochenenden scheußliche Geschenke mit – langstielige Nelken mit Zittergras, ein Pfund Bohnenkaffee, ein *Westermanns Monatsheft* von Borkum oder eine große Flasche Uralt Lavendel, die die Lehrerin meiner Mutter schenkte, weil sie dagegen allergisch war. Meine Mutter, die extrem geizig war, hatte eine Schublade, in der solche Geschenke verschwanden und bei Gelegenheit weiterverschenkt wurden. Weihnachten sagte dann Tante Gerta angesichts der Flasche Uralt Lavendel: «Mein Gott, Hilde, das wär doch nicht nötig gewesen», und meine Mutter sagte: «Lass nur, Gerta, es ist ja schließlich Weihnachten.»

Tante Gerta lebte allein und hatte nie einen Mann gehabt. In meiner ganzen Familie gab es nicht eine einzige richtige Ehe: Der Mann von Tante Rosi war im Krieg gefallen, Onkel Otto war Witwer, Tante Maria saß im Rollstuhl, und Onkel Hermann musste sie waschen und füttern. Meine Cousine Ludmilla hatte ein uneheliches Kind von einem Rechtsanwalt und lebte bei Tante Rosi, und Onkel Heinz und Tante Tussi redeten seit Kriegsende nicht mehr miteinander. Sie schrieben sich manchmal unumgänglich wichtige Mitteilungen wie «Neuer Krankenschein fällig» oder «Heizung ist kaputt» auf kleine Zettel, aber sie hatten beschlossen, aus welchem Grund auch immer, nie mehr miteinander zu reden, und halten das, glaube ich, noch heute durch. Aber vielleicht sind sie auch inzwischen tot, ich weiß es nicht, ich habe zu dieser Familie keinen Kontakt mehr.

Die Liebe war also da nicht zu finden für ein inzwischen fast fünfzehnjähriges Mädchen – aber dann kam James Dean.

Nein, vor James Dean kam Irma, und Irma war meine erste richtige Freundin.

Irma war aus Tübingen in unsere Stadt gekommen und in meiner Klasse gelandet, bei diesen dummen reichen Mädchen und den hässlichen alten Lehrerinnen, die uns mit Linealen auf die Arme schlugen und von ihren Verlobten träumten, die allesamt im Krieg gefallen waren. Irma setzte sich neben mich, und wir verstanden uns vom ersten Tag an. Wir konnten über alles miteinander reden, über das Leben und die Liebe, über Gedichte und Katzen, über die Schule und das Älterwerden und warum man einen Busen haben

19

musste und über die Träume, die wir für unser Leben hatten. Nur über meine Probleme mit meiner Mutter konnte ich mit Irma nicht reden, denn immer wenn ich damit anfing, riss sie die Augen auf und sagte: «Aber es ist doch deine MUTTER!» Ich konnte ihr einfach nicht klarmachen, dass das nichts bedeutete und dass ich es mit einem Feind zu tun hatte. Irmas Mutter war ganz anders. Sie war jung und immer gut gelaunt, lag bis mittags im Bett, trank Kaffee, rauchte und las Illustrierte. Oft ging ich nach der Schule mit Irma nach Hause – bei uns war ja sowieso nie jemand –, und dann rief sie: «Was, verdammt, ist das schon wieder so spät?» Sie gab Irma einen Kuss und mich ließ sie an ihrer bernsteinfarbenen Zigarettenspitze ziehen. Dann stieg sie seufzend aus dem Bett, reckte sich, gähnte laut und verschwand im Bad, von wo wir sie laut singen hörten: «Solang noch nicht die Hose am Kronleuchter hängt, sind wir noch nicht richtig in Schuss, solang noch nicht die Hose am Kronleuchter hängt, da schmeckt uns kein Sekt und kein Kuss!» Irma und ich brieten uns in der Küche Spiegeleier, und auf dem Tisch saß die dicke Katze Pepi und leckte die Teller blank. Meine Mutter hasste Tiere, und bei uns zu Hause wurde nicht geküsst, nicht geraucht und nicht gesungen. Irgendwann kam dann Irmas Mutter aus dem Bad und rief: «Na?», und stemmte die Hände in die Hüften. Sie sah toll aus: Sie trug ein geblümtes Kleid, hatte die Haare hochgesteckt und hochhackige Schuhe angezogen, sie war geschminkt und roch nach Puder und Parfüm. So wollte ich auch werden, wenn ich nur endlich erwachsen wäre. Irmas Mutter setzte einen Hut auf, nahm eine Tasche und ging zum Einkaufen, und Irma und ich lagen auf dem Wohnzimmerteppich und redeten über die Liebe. Irma träumte von einem ganz besonderen Mann, mir war jeder recht, der mich von zu Hause weggeholt hätte, und wenn Irmas Mutter vom Einkaufen zurückkam, fragten wir sie über die Männer aus. Sie lachte und sagte: «Liebe macht schön!», oder «Männer sind eine wunderbare Angelegenheit», aber das brachte uns auch nicht weiter. Dann zog sie das geblümte Kleid aus und einen violetten Morgenrock aus Satin an, steckte sich eine neue Zigarette in die bernsteinfarbene Spitze und spielte mit uns Karten. Pepi lag auf ihrem Schoß und schnurrte, und ich fragte: «Können Sie mich nicht adoptieren?» Aber abends musste ich wieder nach Hause, zu Wirsing durcheinander mit Mettwurst. Meine Mutter kochte immer für den Tag vor, und ich hatte nur dafür zu sorgen, dass die Sachen rechtzeitig im Klo verschwanden, ehe sie von der Arbeit kam. Dabei musste man aufpassen, dass die Mettwurst- oder Speckstückchen nicht oben schwammen, aber ich hatte schon Routine, und es sah immer so aus, als hätte ich alles aufgegessen. Meine Mutter sah zufrieden in die leeren Töpfe und sagte: «Na bitte, es geht doch!», und ich dachte: «Wenn du wüsstest. Es geht eben nicht.» Und dann ging ich früh ins Bett, um zu lesen, aber auch, damit wir nicht wieder Streit bekamen. Ich las alle Bücher, in denen etwas mit Liebe vorkam, besonders aufmerksam, aber es war kein System zu erkennen, wie Liebe denn nun funktionierte. Irmas Mutter lachte über uns und fand, wir könnten uns ruhig noch ein bisschen Zeit lassen, das käme alles früh genug, «und hoffentlich», sagte sie einmal, «verliebt ihr euch nicht mal in denselben, sonst gibt es Mord und Totschlag!» So ähnlich kam es dann ja auch, aber ohne Mord und Totschlag, und trotzdem blieb ich allein zurück.

Bei Irma zu Hause gab es keinen Vater. Er war aber nicht eines Tages einfach verschwunden, es hatte nie einen gegeben, und aus Irmas Mutter war nichts herauszukriegen. «Aus und vorbei», war ihr einziger Kommentar, wenn Irma danach fragte. «Du hast mich, mein Schatz, das muss dir genügen.» – «Waren Sie denn in ihn verliebt?», fragte ich, und sie verdrehte die Augen, nahm einen Schluck Kaffee und sagte: «Das will ich meinen.» – «Wenn es wirklich die Liebe ist», fragte ich, «woran merkt man das denn dann?» – «An allem», sagte sie und sah lange aus dem Fenster.

Eines Nachmittags im April 1955 ging Irmas Mutter mit uns ins Kino. Es war ein Mittwoch, es war sechzehn Uhr, das Kino hieß Lichtburg und der Film «Jenseits von Eden». In dem Film kämpften zwei Brüder um die Liebe ihres Vaters und um die Liebe eines Mädchens namens Abra. Der eine der beiden Brüder hieß Cal, und wir hielten zwei Stunden lang die Luft an. Hier war sie, endlich, hier war die Liebe: Cal hatte ein Gesicht, weich und hochmütig, verletzlich, reizbar, mürrisch, sensibel, er konnte weinen und war doch ein Mann, der schönste Mann, den wir je gesehen hatten, und auch der erste neben all den Jungen, die wir küssten und kannten. Als wir aus dem Kino kamen, waren wir keine kleinen Mädchen mehr, und Irmas Mutter wischte sich die Augen, atmete tief und sagte: «Das war James Dean.»

An diesem Abend ging ich nicht nach Hause. Ich saß mit Irma in der dunklen Küche, während ihre Mutter längst schlief, und wir redeten über Cal, wir wollten einen Bruder, einen Liebsten, einen Freund, einen Vater wie ihn. Wir weinten und liefen hin und her, wir entwarfen einen Brief an ihn, wir verfluchten Aron und den Vater, der nichts, nichts verstand, wir waren erschüttert, überwältigt, verliebt, getröstet: Das, wonach wir immer gesucht hatten, gab es, gleichgültig, ob auf einer Kinoleinwand oder irgendwo in Amerika – es gab diesen James Dean, und er stand vielleicht gerade an eine Wand gelehnt, hatte die Augen geschlossen und fühlte und dachte dasselbe wie wir.

Ab sofort interessierten uns die Jungen aus der Schule, aus der Eisdiele, aus der Tanzstunde nicht mehr, die wie eckige Kälber um uns herumstanden, und als mein derzeitiger Freund Christian mir einen selbst gehämmerten flachen Kupferring mit seinen Initialen schenkte, trug ich ihn zwar, ritzte aber innen mit einer Nagelschere J. D. ein und erzählte das nur Irma. Irma wurde immer stiller. Sie verzehrte sich nach James Dean, aber ich hatte eher das Gefühl, nach James Dean als Vater, während ich ihn mir vorstellte als Liebhaber à la Rhett Butler, der mich schwindelnde Treppen hochtrug, und unten stand meine Mutter und schrie: «Was machen Sie da mit meiner Sonja?», und James Dean drehte sich um und sagte: «Das ist nicht Ihre Sonja, Madame, das ist jetzt meine Sonja.» Solche Träume machten mich glücklich, aber Irma träumte anders. Sie war nicht mehr zufrieden nur mit ihrer Mutter, sie wollte immer mehr über ihren Vater wissen, und eines Tages, als wir Pfannkuchen mit Zucker und Zimt buken, sagte Irmas Mutter leichthin: «Also, dein Vater war ein bisschen so wie James Dean. Etwas größer, aber so die Art. Wir waren nur einen Abend zusammen, und danach habe ich ihn nie wieder gesehen.» Sie stand am Herd, drehte sich um und hatte ganz dunkle Augen: «Irma», sagte sie, «ich versprech dir, dass ich dir das alles ganz genau erzähle. Aber noch nicht jetzt. Bitte.» Und wir sagten nichts mehr und würgten an den Pfannkuchen herum, oh, hätte sie doch nicht gesagt, der Vater sei ihm ähnlich gewesen …

In Filmzeitungen verfolgten wir die Affären und Liebesgeschichten von James Dean, die Dreharbeiten von «… denn sie wissen nicht, was sie tun» und «Giganten». Wir versuchten, wie Natalie Wood, Liz Taylor oder Pier Angeli auszusehen, und wir gingen mehr als zehnmal in «Jenseits von Eden» und kannten jeden Satz.

Stundenlang spielten wir mit verteilten Rollen die Szenen aus dem Film nach, die uns am tiefsten beeindruckt hatten – wie Cal dem Vater ein Geschenk macht, und er nimmt es nicht an, wie Cal zum ersten Mal die Mutter trifft und sie ihn fragt: «Was willst du eigentlich?» Das wissen Mütter ja wohl nie, die Mutter spielte ich, da kannte ich

25

mich aus, und ich spielte auch Cal und lehnte mit mürrischem Gesicht, die Schultern hochgezogen, an der Wand, schräg von unten nach oben guckend, ein zaghaftes Grinsen im Gesicht. Irma war Abra und der Vater, der über Cal sagte: «Ich verstehe ihn nicht, ich habe ihn nie verstanden», und dazu setzte ich mein schmerzlichstes Stirnrunzeln auf und knurrte: «Hamilton, bestellen Sie meiner Mutter, dass sie hasse.» Ich war auch Aron, der gute Bruder, obwohl mir der nicht so lag, aber wir brauchten ihn für die Szene, in der er Abra-Irma erzählt, dass seine Mutter gleich nach der Geburt gestorben war, und Irma hauchte mit schmelzender Stimme: «Es muss furchtbar sein, wenn man keine Mutter gehabt hat.» – «Nein», sagte ich, «es muss toll sein. Es ist furchtbar, wenn man eine hat.» Und Irma fing an zu weinen und sagte: «Das gehört nicht zum Film, und du weißt gar nicht, wie furchtbar es ist, nie einen Vater gehabt zu haben.» Unsere Lieblingsszene war die Schlussszene, Abra und Cal am Sterbebett des Vaters, der noch im letzten Moment endlich vernünftig wird und merkt, was er an seinem Sohn Cal hat – ich hatte da in Bezug auf meine Mutter nur wenig Hoffnung, Den Vater musste Katze Pepi spielen und ganz still im Körbchen liegen, und wir beide knieten davor und umarmten uns und schluchzten, und Irma-Abra sagte: «Vielleicht ist die Liebe ja so, wie Aron sie sieht, aber es muss doch auch noch mehr dran sein ...», und ich stand dann auf, lehnte mich wieder an die Wand, so wie dann auch Jett Rink später in «Giganten» lehnen sollte, und sagte düster: «Ich brauche überhaupt keine Liebe mehr, es kommt nichts dabei heraus. Wozu die Aufregung? Es lohnt sich nicht.»

Meist heulten wir dann beide ein bisschen, und Irma sprach über ihren Vater und ich über meine Mutter, und schließlich musste ich nach Hause, wo meine Mutter mit der Lehrerin in der Küche saß, Reibekuchen aß und sagte: «Ach, kommt das Fräulein auch nochmal? Ich möchte wissen, wo du dich neuerdings dauernd rumtreibst, du wirst noch genau wie der Alte», und ich zitierte Cal und sagte bitter: «Du hast Recht, ich bin schlecht, das weiß ich schon lange.» Meine Mutter war verblüfft und beschwerte sich bei der Lehrerin, sie würde aus mir nicht mehr schlau, und die Lehrerin meinte, das sei nur die Pubertät und das würde sich geben. An mir prallte alles ab, seit ich wusste, dass es in anderen Familien genauso schlimm zuging wie bei uns, seit ich wusste, dass es James Dean gab.

Irmas Mutter machte sich Sorgen, weil Irma so in James Dean verliebt war, noch mehr als ich. Ich hatte irgendwie das Gefühl, James Dean zu SEIN – zu mir sagte auch dauernd jemand «Wie du wieder aussiehst!» oder «Ich versteh dich einfach nicht» oder «Mit dir hat man nur Ärger», aber Irma hatte angefangen, ihr Leben geradezu nach James Dean auszurichten. Sie schrieb ihm täglich Briefe, sie begann ein Tagebuch, nur für ihn, sie paukte Englisch, um mit ihm reden zu können, wenn sie ihn in Amerika treffen würde, denn natürlich sparte sie jeden Pfennig für eine Reise, um ihn zu suchen und zu besuchen. Ich hatte das Gefühl, sie war fest entschlossen, ihn irgendwie heimzuholen in die Familie, in die er gehörte.

Am 30. September 1955 um siebzehn Uhr fünfundvierzig verunglückte James Dean tödlich in seinem Porsche. Damals gab es kein Fernsehen für schnelle Meldungen, zumindest hatte niemand in unserer Bekanntschaft einen Fernsehapparat. Radio hörten wir Kinder nur mittwochabends, wenn Chris Howland Harry-Belafonte-Platten spielte, und Zeitung lasen wir auch nicht. Ein, zwei Tage später muss es gewesen sein, dass mir in der Eisdiele plötzlich jemand sagte: «Hast du schon gehört, James Dean ist tot.» Ich werde nie vergessen, wie dieser Satz auf mich wirkte, ich glaube, dass ich nie in meinem Leben entsetzter, versteinerter, verzweifelter war als in diesem Augenblick – nicht, als mein Vater starb, nicht, als Jahre später am Heiligabend unser Haus abbrannte, weil meine Mutter gegen den Weihnachtsbaum getreten und ihn umgeworfen hatte, nicht, als ich meine Sachen packte und für immer ging – nie wieder war ich von einer so bodenlosen Traurigkeit. «James Dean ist tot.» Ich glaubte es auch sofort, zweifelte nicht daran, fühlte geradezu, dass er weg war, für immer, es wunderte mich nicht bei einem wie ihm. Immer habe ich die Tatsache, dass ich inzwischen über vierzig Jahre alt geworden bin, als persönliches Versagen empfunden. Als ich wieder einen anderen Gedanken als «aus weg vorbei nie wieder» denken konnte, dachte ich: Irma. Es war spät am Abend, weder sie noch ich hatten Telefon, ich musste bis zum nächsten Morgen warten. In dieser Nacht schlief ich nicht, ich saß auf einem Stuhl am Fenster und sah den Betrunkenen zu, die aus der Kneipe gegenüber torkelten. Ich hätte mich auch gern betrunken, um in so einen Zustand weicher Fallmüdigkeit zu gelangen, um zu lallen, zu fallen, nichts mehr zu fühlen und zu wissen. Ich schlich mich an den Wohnzimmerschrank mit der beleuchteten Bar und holte mir die Flasche Sherry. Es schmeckte mir nicht, aber es tat gut, wärmte, machte ein Wattegefühl im Kopf und eine pelzige schwere Zunge, und ich weiß nur noch, wie mich meine Mutter am Morgen fand, ich höre noch ihr Gezeter, fühle, wie sie mich hochreißt und ins Bett schiebt, dann muss ich lange tief geschlafen haben. Als ich wieder zu mir kam, war später Nachmittag und niemand zu Hause. Ich stand auf und wackelte ein wenig, ich fror, mir war schlecht, und ich wollte unbedingt ins Freie. Ich zog mich an, als wäre tiefster Winter, dabei schien die Herbstsonne, und das Laub fiel langsam von den Bäumen. Ich trat ein paar Kastanien vor mir her und dachte immer nur: «Was soll ich denn jetzt machen?» Das Leben konnte doch nicht einfach so weitergehen wie vorher? Der pickelige Holger aus der Parallelklasse kam mir auf dem Fahrrad entgegen, und ich betete, dass er mich nicht ansprechen möge, nicht der, nicht jetzt, aber natürlich bremste er scharf, stellte einen Fuß auf den Boden und sagte: «Ey, Sonja, hast du schon das von Hansi gehört?» Ich war an Hansi längst nicht mehr interessiert, fast war es mir sogar peinlich, eine Zeit lang mit ihm gegangen zu sein, wie man das damals nannte. Hansi war ein seltsamer Kauz, der mitten in Gesprächen plötzlich laut auflachte oder in Tränen ausbrach, und jedem erzählte er seine Geschichte mit dem Kölner Dom, wir konnten es schon alle nicht mehr hören. Ich ging einfach weiter, kickte eine Kastanie und überlegte, ob

Irma wohl zu James Deans Beerdigung fahren und ihm all die Briefe und das Tagebuch ins Grab werfen würde, und die Tränen liefen mir übers Gesicht, ohne dass ich wusste, warum. «Ey», sagte Holger, «heulst du wegen Hansi?» Ich schüttelte den Kopf und fragte, um ihn abzulenken oder loszuwerden oder einfach nur quatschen zu lassen, damit ich meine Ruhe hatte: «Was ist mit Hansi?» – «In die Klapsmühle haben sie ihn gebracht», sagte Holger, «mit Blaulicht, gerade vor zwei Stunden. Er ist total durchgedreht, und weißt du, warum?» Armer Hansi, dachte ich, aber es wunderte mich auch nicht, seine kalten Hände, der kleine Mäusemund, die furchtsamen Augen – ganz normal war er wirklich nicht gewesen, genau deshalb hatte er mir ja damals irgendwie auch ganz gut gefallen. Ich zog den Ring mit den Initialen von Christian und James Dean vom Finger und ließ ihn heimlich in einen Gully fallen. «Warum?», fragte ich, und Holger sagte: «Man glaubt das überhaupt nicht, ist aber echt wahr, ey, direkt vor Hansi ist in der Gerswidastraße jemand vom Dach gesprungen, direkt vor seiner Nase, er soll ganz voll Blut gewesen sein, und dann soll er nicht mehr aufgehört haben zu schreien, bis sie ihn abgeholt haben. Zweimal im Leben so was, das ist ja auch ein Ding, oder?» Ich hatte plötzlich ganz weiche Knie und konnte nicht mehr stehen. Ich fasste nach Holgers Rad, lehnte mich an den Gepäckträger, und Holger sagte: «Was ist mir dir, du stinkst vielleicht nach Schnaps, bist du etwa besoffen?»

Endlich konnte ich kotzen und kotzte direkt auf Holgers Schuhe. Holger schmiss sein Rad hin und schrie und fluchte, rieb die Schuhe am Herbstlaub ab und krakeelte hinter mir her, aber ich ging oder torkelte oder bewegte mich irgendwie weiter und dachte immer nur: «Lieber Gott, wenn es dich gibt: neinneinnein, bitte: nein.»

Aber es war Irma gewesen. Ich wusste es ja auch. Irma war auf den Speicher des Hauses Gerswidastraße 89 gegangen, in dem sie mit ihrer Mutter lebte, war durch ein Speicherfenster geklettert und in die Tiefe gesprungen, fünf Stockwerke eines Altbaus aus dem vorigen Jahrhundert sind hoch genug, um ein solches Vorhaben gelingen zu lassen. Sie hatte keinen Brief hinterlassen, kein Tagebuch, nichts.

Ich bin nicht zur Beerdigung gegangen, und Irmas Mutter habe ich nur noch einmal von weitem gesehen, zwei Jahre später. Sie trug keinen Hut und kein geblümtes Kleid. Ich kam gerade aus dem Kino und hatte «... denn sie wissen nicht, was sie tun» gesehen, in dem James Dean Jim Stark spielt. Als der kleine Plato ihn fragt: «Wann, glaubst du, wird das Ende der Welt kommen?», antwortet Jim: «Nachts. Oder im Morgengrauen.» Aber Jim weiß es auch nicht genau, nichts weiß er genau, wie auch ich nichts genau wusste und nur fühlte: Alles läuft falsch, das Leben geht einen Weg mit mir, den ich nicht gehen will. Jim schreit seinen Vater an: «Ich möchte jetzt eine Antwort!», und der Vater sagt: «In zehn Jahren blickst du zurück und wirst über dich selbst lachen.» Zehn Jahre sind längst um. Ich lache nicht.

DER HUND WIRD ERSCHOSSEN

Wir hatten ein kleines Haus am Stadt-rand, in den fünfziger Jahren müh-sam hochgezogen und von meinem Vater und sei-nen Brüdern in Wochenendbasteleien dauernd weiter ausgebaut. Es war an allen Ecken und En-den zu klein, denn wir waren fünf Leute, und wenn einer in dem winzigen Bad war, mussten die andern vier warten, was besonders morgens, wenn mein Vater zur Arbeit und meine Schwestern und ich zur Schule mussten, erbitterte Kämpfe und Geschrei gab. Es passten nicht zwei zugleich in dieses enge Badezimmer, in dem auch die Toilette war, und wenn man sich am Waschbecken einigermaßen temperamentvoll wusch, donnerte das Toilettenschränkchen von der Wand. Zum Duschen und Baden musste man erst umständlich den großen Boiler heizen, das geschah nur an den Wochenenden, und oft musste ich auch noch in Traudels Badewasser steigen, wenn sie fertig war – es wurde nur ein bisschen heißes Wasser nachge-lassen. «Stell dich nicht so an», hieß es, «guck

34

doch, ist noch gar nicht schmutzig, das wäre doch die reinste Verschwendung.» In Bellas Wasser wäre ich nie gegangen, Bella und ich haben uns nicht eine einzige Stunde in unserem Leben verstanden, ich glaube, niemand versteht sie. Traudel mochte sie auch nicht leiden, und sogar unsere etwas einfältige Mutter, die immer sagte: «Eine Mutter liebt alle ihre Kinder gleich», sah Bella manchmal nachdenklich an und dachte: Auf wen kommt sie nur? Ich fand, dass sie ganz auf unsere Tante Hedwig kam, eine abweisend kalte, hochmütige Frau, aber Mutter ließ auf Tante Hedwig nichts kommen und sagte immer nur: «Sie hat viel durchgemacht, das versteht ihr nicht.»

Nun, Bella hatte nicht viel durchgemacht, wenigstens nicht mehr als Traudel und ich auch in dieser Familie. Aber wir schlossen uns nicht in unserem Zimmer ein, wir schwiegen nicht bei Tisch, wir aßen unsere Weihnachtsteller schon am Heiligen Abend leer, stibitzten uns gegenseitig die leckersten Brocken weg und teilten am Ende redlich, wenn eine noch mehr hatte als die andere. Bella dagegen schloss ihren Teller in ihrem Kleiderschrank ein, verriegelte ihre Zimmertür, und es konnte vorkommen, dass sie Mitte März mit Marzipankartoffeln im Wohnzimmer erschien und schweigend und aufreizend langsam davon aß,

während sie in einem Buch las, das sie in Zeitungs-
papier eingeschlagen hatte, damit wir den Titel
nicht sehen konnten. Traudel und ich sahen ihr
zu, und das Wasser lief uns im Mund zusammen,
aber Bella hätte sich eher die Hand abgehackt, als
uns auch nur ein Stückchen Marzipan abzugeben.
Wir rächten uns auf unsere Weise, indem wir ihr
manchmal in die Suppe spuckten, wenn sie gerade
nicht hinsah, oder ihre Post zerrissen, wenn wir
früher von der Schule nach Hause kamen als sie
und irgendein Brief von irgendeiner ihrer Brief-
freundinnen dalag. Bella hatte Brieffreundschaf-
ten in aller Welt, durch eine Jugendzeitschrift ver-
mittelt. Am Ort hatte sie als Kind keine Freunde,
wer sie kannte, konnte nicht mit ihr befreundet
sein.

Bella war die Älteste von uns dreien und, um
auch mal etwas Gutes über sie zu sagen, die
Klügste und die Schönste. Sie war gut in der
Schule, im Gegensatz zu Traudel und mir, sie hatte
Mutters fabelhaftes Haar geerbt, dicht und braun,
während Traudel und ich uns mit Vaters blonden
Flusen herumschlugen. Sie hatte ja auch als Einzige von uns einen schönen Namen – Isabella. Wir
hießen Gertraud und Huberta, ich wurde Berti ge-
nannt, was zu unendlichen Hänseleien in der
Schule führte, und Gertraud hieß so nach unse-

rer gemeinsamen Patentante, Vaters dummer Schwester. Traudel war nur ein Jahr jünger als Bella, sie war ein bisschen pummelig und so naiv wie unsere Mutter, und sie brach bei jeder Gelegenheit in Tränen aus. Traudel liebte Tiere, ihretwegen war der Hund angeschafft worden, Molli, der eine Hütte im Garten hatte und uns alle durch sein ewiges Winseln und Kläffen fast um den Verstand brachte, wenn er an der Kette lag. Machte man ihn los, war sofort Ruhe, aber dann freute er sich so und sprang und raste in Haus und Garten herum, dass er Blumen zertrampelte, Tische umwarf, mit seinen Dreckspfoten unsere Mutter zur Verzweiflung brachte und uns alle dauernd mit seiner heißen nassen Zunge ableckte und wir aus dem PFUI-Schreien gar nicht mehr herauskamen. Unsere Mutter pusselte den ganzen Tag im Haus herum, räumte auf, putzte, polierte, und trotzdem sah es immer irgendwie unordentlich aus. Es war einfach zu eng, und sie hatte auch nur wenig Geschick und gar keinen Geschmack, und nichts passte zusammen. Ihre selbst genähten Kissenbezüge waren zu groß für die Sofakissen und warfen klumpige Falten, ihre Tischdecken zippelten, sie hatte die Gabe, den Ständer mit den Zeitungen so hinzustellen, dass erst mal jeder stolperte, der ins Wohnzimmer kam, und alles, was sie kochte, schmeckte gleich: Ob es Möhren waren oder Kohlrabi, Sauerkraut mit Würstchen oder Gulasch mit Nudeln – alles wurde um zehn Uhr dreißig aufgesetzt, damit es bis ein Uhr, wenn wir ungefähr aus der Schule kamen, gar war, und alles war eine farb- und salzlose Pampe. Wir Kinder mühten uns, wann immer wir konnten, bei Freunden essen zu dürfen, oder wir kauften uns auf dem Heimweg gegen den schlimmsten Hunger schon mal ein Puddingteilchen. Niemand musste hungern zu Hause, es gab reichlich, aber, wie gesagt, es schmeckte alles nicht. Sonntags kochte manchmal unser Vater, dann sah die Sache schon ganz anders aus. Er machte zwar eine Riesensauerei in der Küche, spritzte alles voll Fett und brachte es fertig, sämtliche Töpfe für einen einfachen Eintopf zu benutzen, weil er alles extra andünstete und anbriet und vor- und nachkochte und was weiß ich, aber es schmeckte, und es war so scharf gewürzt, dass sogar wir Kinder Bier zum Essen trinken durften, anders kriegte man das gar nicht runter, und meine Mutter jammerte und sagte: «Paul, das war das letzte Mal, dass ich dich in meine Küche gelassen habe, wenn ich so wirtschaften würde wie du, kämen wir ins Armenhaus.»

Ich weiß nicht, ob die Ehe meiner Eltern gut war. Als Kind denkt man über so etwas nicht nach, man kennt ja nichts anderes, man meint, so ist es eben und so muss es sein, das sind eben Eltern – erwachsen, langweilig, immer beschäftigt, unzufrieden. Ich habe nie gesehen, dass sie sich umarmt oder geküsst hätten, nur einmal gingen sie Arm in Arm, und das ist die Geschichte, die ich erzählen will.

Streit gab es zu Hause eigentlich immer nur meinetwegen. Berti ist so schwierig, Berti ist so frech, ich werde mit Berti nicht mehr fertig, die Lehrer haben sich schon wieder über Berti beschwert, Berti ist unordentlich, Berti macht keine Schularbeiten, Berti treibt sich mit Jungens herum, Berti raucht heimlich – das waren so ungefähr die ständigen Klagen meiner Mutter, und sie seufzte, wann immer sie mich bloß sah und auch, wenn ich gar nichts angestellt hatte: «Ach, Berti, Berti, was soll aus dir nur werden.» Manchmal, wenn sie fand, ich hätte etwas besonders Furchtbares angestellt – etwa ein Paar kräftige Schnürschuhe, wie wir sie immer anziehen mussten, gegen ein Paar schneeweiße Mokassins in der Schule getauscht –, rief sie: «Warte, wenn Vater kommt, dann setzt es was!» Und wenn unser Vater dann abends müde den Weg vom Bus zum Haus hochgeschlurft kam, lief sie ihm schon entgegen und rief: «Paul, du musst mit Berti reden, und nicht

39

nur reden, du weißt schon, was ich meine, ICH jedenfalls werde mit dem Kind nicht mehr fertig.»
Dann zwinkerte mir mein Vater zu und sagte:
«Nach dem Essen bist du dran, Huberta», aber ich
hatte keine Angst vor solchen Drohungen, ich
kannte ihn ja. Die kleinen, schnellen, boshaft aus
dem Hinterhalt verteilten Ohrfeigen meiner Mutter, die fürchtete ich, aber den Strafpredigten meines Vaters sah ich eher gelassen entgegen. Nach
dem Essen stieg er in den Keller hinunter, bastelte
ein bisschen herum, und wenn meine Mutter von
oben rief: «Paul, vergiss nicht, was ich dir gesagt
habe!», dann schrie er: «Berti, komm mal runter
zu mir, aber SOFORT!» Traudel fing dann immer
an zu weinen, sagte: «Auweia, jetzt haut er dich»,
und wollte tapfer mitgehen, aber ich klopfte ihr
auf die Schulter, sagte: «Lass nur, in dieser Familie
habe ich schon so viel überlebt, ich schaff auch das
noch», und stieg die Kellertreppe hinunter. Meine
Mutter riss hinter mir die Kellertür wieder auf und
schrie: «Schon für diese Bemerkung hättest du
noch eine verdient!», und lehnte die Tür nur an,
um zu lauschen. Unten stand mein Vater und versuchte, streng auszusehen. «Huberta», fing er an,
und dann schrie und tobte er, so könne das mit
mir nicht weitergehen, ich würde meine arme
Mutter noch ins Grab bringen, was eigentlich in

40

mich gefahren sei, ob ich in der Gosse landen wolle und so weiter, lauter solchen Unsinn, an den er selbst nicht glaubte, und dann flüsterte er: «Herrgott, nun heul doch ein bisschen», klatschte mit einem Stock auf einen Kartoffelsack, und ich schrie wie am Spieß, damit Mutter oben zufrieden war.

Am Ende waren wir beide ganz erschöpft, und er sagte: «Berti, reg deine Mutter nicht immer so auf, verdammt, und lass vor allem die Raucherei sein», und ich sagte: «Ist gut, Papa», und der Fall war erledigt. Wenn ich hochkam, stand meine Mutter zufrieden lächelnd am Herd, rührte in einer ihrer Pampen und sagte: «Das wird dir eine Lehre sein», und Traudel wischte sich die Tränen ab und flüsterte: «War's schlimm?» Ich nickte, weil sie mir dann meist ihren Nachtisch abgab oder mir mein Fahrrad putzte, damit es wieder Licht werde in meinem Herzen. Ach, meine liebe dumme Traudel, heute lebt sie in Kanada, hat einen Farmer geheiratet, fünf Kinder bekommen und ist auf Fotos unermesslich fett. Aber wer weiß, vielleicht ist sie glücklich, obwohl wir drei Mädchen zum Glücklichsein eigentlich kein rechtes Talent haben.

Eines Abends – wir lagen schon in den Betten – hörten wir unten im Wohnzimmer einen Riesenkrach. Die Eltern stritten sich, lauter und heftiger als je zuvor. Traudel und ich hatten ein gemeinsames Zimmer mit Doppelstockbetten. Ich schlief oben, und als ich runtersprang, um mein Ohr auf den Fußboden zu legen, wurde Traudel auch wach und fing gleich an zu heulen.

«Was ist los?», flüsterte sie, und ich sagte: «Ich glaube, sie lassen sich scheiden.» In meiner Klasse war ein Mädchen, dessen Eltern sich gerade scheiden ließen, und sie erzählte jeden Tag neue unglaubliche Geschichten darüber, was zu Hause alles los war, wie die Ehebetten durchgesägt wurden, wie die Eltern um jedes Möbelstück feilschten und wie der Vater sein Essen nicht mehr in den gemeinsamen Kühlschrank stellen durfte, sondern den Käse und die Wurst, die er aß, in einem Säckchen zum Fenster hinaushängen musste. Ich hätte eine Scheidung gern erlebt, zumal dann im Haus auch mehr Platz gewesen wäre – ich stellte mir vor, dass Mutter und Bella auszogen und Traudel und ich mit Vater und Molli allein blieben.

Wir schlüpften auf den Flur und setzten uns auf die oberste Treppenstufe, von wo aus man alles gut hören konnte. Sogar Bella kam aus ihrem Zimmer, in einem geblümten Bademantel, den ich noch nie an ihr gesehen hatte. Sie sparte immer heimlich das Geld, das unsere Tanten und Großmütter uns schenkten, und kaufte sich wer weiß wo Dinge, die sonst in unserm Haus nicht getragen wurden – Seidenblusen, Lackschuhe oder eben diesen geblümten Morgenmantel. Traudel und ich schmissen unser Geld so raus, wie es reinkam – für Puddingteilchen und Malzbonbons, *Fix-und-Foxi*-Hefte, Kino, Zigaretten. Bella stand in der offenen Tür und sagte: «Was ist denn da los?»

Von unten hörten wir unsere Eltern streiten. «Ich bin es leid», schrie Mutter, «ich kann machen, was ich will, wir kommen auf keinen grünen Zweig, und nun muss ich mir auch noch vorwerfen lassen, ich wäre schuld daran.» Dann sagte mein Vater irgendetwas, das ich nicht verstand, und dann schrie sie wieder, und natürlich fiel sehr häufig mein Name. Traudel saß mit schreckgeweiteten Augen da, die Tränen tropften ihr auf die nackten Füße. Bella lehnte unbeweglich an der Wand, mit verschränkten Armen, und ich sah, dass sie sich irgendeine fette Creme ins Gesicht geschmiert hatte. Wir nahmen alle immer nur Nivea, aber Bella hatte ein – natürlich abschließbares – Kästchen mit Tuben und Döschen für die Schönheit, sie war sehr eitel. Vielleicht wäre ich auch eitel gewesen, wenn ich so schön gewesen wäre wie sie, aber vielleicht hätte ich dann auch so viel Pech mit den immer falschen Männern gehabt. Bella wird gerade zum vierten Mal geschieden, dabei ist dieser Mann der geduldigste, den sie je hatte, aber er kann sie wohl auch nicht mehr ertragen. Ich frage mich nur, warum sie immer wieder jemanden findet, der sie heiratet? Mit ihrem dritten Mann, Kurt, hatte sie sich eine große Eigentumswohnung im schönsten Teil der Stadt gekauft, und als sie merkten, dass sie nicht mehr miteinander leben wollten und konnten, sich aber der teuren Wohnung und der ganzen Abzahlungen wegen auch nicht trennen konnten und die Wohnung nicht aufgeben wollten, haben sie sich einen Maurer geholt und quer durch die Wohnung eine Mauer ziehen lassen. Die Küche wurde glatt halbiert, die Mauer ging durch den Flur, Kurt bekam das Wohnzimmer, Bella das Schlafzimmer, aus dem dritten Zimmer machte sich Kurt ein Bad, denn das alte Bad war auf Bellas Seite, und im Treppenhaus wurde eine zweite Eingangstür durchgebrochen. Unten in der Küchenmauer war ein kleines viereckiges Loch für die gemeinsame Katze gelassen worden, die durch die geteilte Wohnung hin- und herging, und durch dieses Loch schoben sich Kurt und Bella auch gegenseitig verirrte Post, kleine Mitteilungen oder die Autoschlüssel zu, und manchmal lagen sie, jeder auf seiner Seite, vor dem Loch und brüllten sich an.

Ich hatte damals gerade einen amerikanischen Freund, der für die *New York Times* über den Fall der Mauer in Deutschland schreiben sollte, und ich sagte zu ihm: «Jack, ich zeige dir was, so was hast du noch nie gesehen, darüber kannst du schreiben», und ich überwand meine Abneigung und besuchte Bella, zusammen mit Jack, und er konnte nicht genug staunen. «The Germans need their wall», schrieb er später in seiner Zeitung, und wenn sie sie im Land schon nicht mehr haben dürften, dann wenigstens in ihren Herzen und in ihren Wohnungen.

Unten flog inzwischen Geschirr, es klirrte, und dann sagte meine Mutter plötzlich ganz ruhig: «So. Nun ist es genug, Paul. Das muss ich nicht mehr mitmachen. Ich gehe, und dann kannst du ja zusehen, wie du mit diesem ganzen Schlamassel fertig wirst.» Und mein Vater antwortete: «Gut, wenn es das ist, was du willst, dann lassen wir uns eben scheiden. Bitte sehr, fertig, aus.»

Dann knallte die Haustür, und kurz darauf kam meine Mutter laut heulend aus dem Wohnzimmer. Wir zogen uns schnell in unsere Zimmer zurück und hörten, wie im Schlafzimmer Schränke aufgerissen und wieder zugeschlagen wurden. Eine halbe Stunde später verließ unsere Mutter mit einem Koffer in der Hand und unter dem infernalischen Gebell von Molli das Haus und ging zur Bushaltestelle, obwohl doch in der Nacht dort gar kein Bus mehr abfuhr. Vater kam zurück nach Hause, polterte durch den Flur, schrie den Hund an, schloss das Haus ab, löschte die Lichter und ging ins Bett. Draußen fuhren ab und zu Autos, und ich dachte, dass unsere Mutter wohl per Anhalter wegfahren würde. Donnerwetter, so viel Courage hätte ich ihr niemals zugetraut. Am nächsten Morgen machte uns Vater das Frühstück und pfiff dabei grimmig vor sich hin. «Eure Mutter hat es vorgezogen, uns zu verlassen», sagte er. «Wir lassen uns scheiden, aber ihr müsst euch darüber nicht aufregen.»

«Was wird aus uns?», fragte ich. «Berti», sagte er und presste genügend Wichtigkeit in seine Stimme, «die meisten Kräche gab es immer deinetwegen, nicht dass ich dir einen Vorwurf mache, aber deine Mutter wird mit dir nicht fertig, und ich kann mich nicht genug um dich kümmern, wenn ich im Büro bin. Du kommst bis zum Abitur in ein schönes Internat und darfst jedes Wochenende heimkommen – du kannst dir aussuchen, ob du zu Mutter oder zu mir kommst. Ich werde mit Traudel hier bleiben, und Mutter zieht mit Bella zu Tante Hedwig.»

Bella machte ein hochmütiges Gesicht und

sagte: «Noch zwei Jahre, dann gehe ich sowieso ganz von euch weg», und Traudel fragte: «Was wird mit Molli?» – «Der Hund», sagte unser Vater, «wird erschossen, das hat keinen Sinn, dass er den halben Tag allein an der Kette liegt, du bist in der Schule, ich bin im Büro, wer soll sich denn um das arme Vieh kümmern. Und wenn er stundenlang kläfft, hauen ihm die Nachbarn sowieso noch mal einen Knüppel auf den Kopf, da mach ich das schon lieber selbst.» Traudel legte den Kopf auf den Tisch und heulte los. Die Haare hingen ihr in den Kakao, und Bella stand angewidert auf und sagte: «Wenn ich diese Familie nicht mehr sehen muss, mach ich drei Kreuze.» Draußen hupte jemand, denn sie hatte einen Freund mit Auto, der sie morgens zur Schule abholte. Ich werde nie verstehen, was die Männer an Bella finden, es sei denn, sie lieben ihr schönes Haar.

Unsere Mutter blieb verschwunden. Sie rief nicht an, sie kam nicht zurück, und wenn wir unsern Vater fragten: «Wo ist Mama denn eigentlich?», sagte er: «Was weiß ich, bei den andern Hexen auf dem Blocksberg», und das brachte Traudel völlig aus der Fassung. Zu Hause lief alles relativ normal weiter. Ich kam nicht ins Internat, Molli kläffte wie eh und je, raste im Haus herum, sobald wir aus der Schule kamen, und zerriss Zeitungen und Schuhe. Traudel ließ ihn, wenn Vater da war, nicht aus den Augen. Wir waren tagsüber allein, schmierten uns mittags Brote oder machten uns Spiegeleier, und abends kam unser Vater aus dem Büro nach Hause, schon immer ein, zwei Busse früher als sonst, und dann wurde stundenlang gekocht. Die Küche sah wie ein Schweinestall aus, aber es gab Hähnchen in Curry und Chili con carne und solche Sachen, die unsere Mutter nicht mal mit der Zange angerührt, geschweige denn gekocht hätte. Es schmeckte phantastisch, wir saßen bis zehn Uhr am Abendbrottisch, ich durfte an Vaters Zigarette ziehen, und sogar Bella saß manchmal bei uns und ging dann in die Küche, um doch tatsächlich abzuwaschen, unsere Prinzessin mit den Marmorhänden. Traudel trocknete ab, sie konnte sich Bella ganz gut unterordnen, und ich hielt mich an Vater, wir legten Patiencen, und ich fragte: «Papa, was wird denn nun, ich will nicht ins Internat, und Traudel heult sich tot, wenn du den Hund erschießt.» – «Abwarten», sagte er, «vielleicht kommt deine Mutter ja noch zur Vernunft.»

«Hast du eine Freundin?», fragte ich ihn, und er rief: «Wie kommst du denn darauf?», und wurde ein bisschen rot und verlegen. Heute denke ich, dass ich es wohl so ziemlich getroffen hatte mit dieser Vermutung, aber damals dachte ich nicht weiter darüber nach. Viel später, an dem Tag, als mein Vater pensioniert wurde, lernte ich eine Frau aus seinem Betrieb kennen, die ihn mit einem so merkwürdig hungrigen Ausdruck im Gesicht ansah, und er blickte auch zu ihr öfter und anders als zu den übrigen Kollegen hin, und da wusste ich, dass ich damals Recht gehabt hatte, und war stolz auf meinen Vater, in den sich andere Frauen verliebten. Mutter war an diesem Abend nicht mitgegangen, sie lag mit einer schweren Grippe im Bett, und Bella war schon verheiratet, aber Traudel und ich hatten uns so nett wie möglich angezogen und waren mit unserm Vater, der inzwischen fünfundsechzig Jahre alt und klein und grau geworden war, auf sein großes Fest gegangen. Dreißig Jahre in derselben Firma, und mit ihm zusammen wurde noch ein Buchhalter pensioniert, der sich sehr um die Firma verdient gemacht hatte, also ließ man es sich etwas kosten, und im Festsaal des Hotels Ritter wurde ein Riesenbüfett mit Hummer, Lachs und wundervollen Salaten aufgebaut. Traudel und ich schielten dauernd hin, aber vor dem Essen wurden endlose Reden gehalten. Die Verdienste des Buchhalters wurden gewürdigt, auf unsern Vater wurde ein Loblied gesungen, und neben ihm stand die Kollegin mit den hungrigen Augen und stieß dauernd mit Sekt an, lehnte sich an ihn, und einmal legte unser Vater ihr den Arm um die Taille und sah dabei etwas furchtsam zu uns herüber. Traudel bemerkte das gar nicht, weil sie nur aufs Büfett schielte, aber ich zwinkerte ihm aufmunternd zu. Er lächelte schüchtern, prostete mir zu, und ich liebte ihn so sehr in diesem Augenblick, dass das Herz mir wehtat und ich am liebsten zu ihm gelaufen wäre und ihn geküsst hätte. Die Reden dauerten und dauerten, dann spielte noch ein Streichquartett, und die Lehrlinge der Firma, die mein Vater zum Teil ausgebildet hatte, lasen mit verteilten Rollen eine komische Szene vor, die auf den Büroalltag anspielte und von der ich kein Wort verstand. Mir wurde bewusst, wie wenig unser Vater zu Hause von seiner Arbeit erzählt hatte, wir wussten im Grunde nicht einmal genau, was er tat, außer dass er das Geld zum Leben heimbrachte, und das war ja, wie wir von Mutter hörten, immer zu wenig, weil er nicht ehrgeizig war und sich nicht anstrengte. Traudel flüsterte mir zu: «Was sind das für komische freie Stellen da im Büfett, glaubst du, da kommt noch was?» In der Tat waren mitten im schön dekorierten Büfett drei große kreisrunde Löcher, schwarz und aus der Papiertischdecke ausgeschnitten. «Vielleicht sollen wir da die dreckigen

50

Teller und das Besteck reinschmeißen», flüsterte ich zurück, und neben mir zischte eine ältere Dame: «Psst, so seien Sie doch still!», denn die Lehrlinge reimten gerade:

«Wehe, wenn wer mal nicht spurt,

dann kommt Kurt, dann kommt Kurt»,

und meinten wohl den Abteilungsleiter. Ich habe diesen Spruch später zu Bellas Mann gesagt, «wenn unsre Bella mal nicht spurt, dann kommt Kurt, dann kommt Kurt», und er hatte gelacht und gesagt: «Ich werd nicht schlau aus deiner Schwester, da soll sich jemand anders die Zähne ausbeißen.» Ich hätte Kurt gern gehabt, ehrlich gesagt, er war von allen Freunden und Ehemännern, die Bella hatte, der netteste, aber mich bemerkten die Männer immer erst, wenn sie an meiner Schwester verzweifelt waren, und zweimal wollten sie mit derselben Familie nichts zu tun haben.

Als die Reden endlich beendet waren, gab es viel Applaus, mein Vater und der Buchhalter bekamen je einen großen Schaukelstuhl geschenkt für den Ruhestand, der jetzt anbrechen würde, und ich dachte: Du liebe Güte, wo will er in unserm Haus dieses Monstrum aufstellen? Seltsamerweise tauchte der Stuhl nie bei uns auf. Mutter stichelte noch ewig herum: «Sie hätten dir zum Abschied ruhig etwas schenken können, was für eine knauserige Firma!» Traudel und ich schwiegen dazu, und ich dachte mir, dass der Schaukelstuhl vielleicht in der Wohnung der Kollegin stand und dass unser Vater da manchmal in aller Ruhe ein bisschen schaukeln ging, wer weiß.

Nun wurde aber endlich das Büfett eröffnet, und zwar mit einem lauten Gong und dem Ruf der älteren Dame neben mir: «Warten Sie noch EINEN AUGENBLICK, es gibt noch eine Überraschung!» Alles blieb stehen, und Traudel sagte: «Das gibt's doch nicht!», denn in den drei kreisrunden Löchern erschienen jetzt auf einmal die Köpfe von drei Menschen – der eine war als Karotte, der andere als Salat, der dritte als Tomate geschminkt und verziert –, ein orangefarbenes, ein rotes, ein grünes Gesicht mit allerlei Blattzeug auf dem Kopf. Sie mussten während der ganzen Zeit unter dem Tisch gelegen oder gesessen haben, und nun schoben sie ihre Köpfe zwischen die Fisch-, Fleisch- und Salatplatten und riefen: «Das Büfett ist eröffnet!»

Es gab Riesenapplaus, und nur langsam trauten wir uns an den Tisch, wo jetzt mitten zwischen Tellern mit Essen lebende Gesichter schwebten und lächelten und sagten «Guten Appetit!» oder «Nehmen Sie doch noch ein Häppchen Lachs!» oder «Auch der Nudelsalat ist es wert, probiert zu werden, greifen Sie nur zu». Witzbolde bekleckerten den, der wie eine Tomate aussah, mit Mayonnaise, er ertrug es lächelnd und sagte: «Sie sollten auch den Parmaschinken probieren», und ich dachte: Mein Gott, in dieser Firma war unser Vater dreißig Jahre lang, was weiß man schon von seinen Eltern.

Als unsere Mutter eine Woche weg war, klingelte plötzlich beim Abendbrot das Telefon. Bella und Traudel waren in der Küche, und Vater schickte mich mit einer Handbewegung aus dem Zimmer, er wollte ungestört sein. «Mama?», flüsterte ich, und er nickte. Ich ging in die Küche zu den andern und sagte düster: «Ich fürchte, unsere Mutter kommt zurück.» Traudel juchzte laut auf und wollte ins Wohnzimmer rennen, wahrscheinlich, um Mutter am Telefon irgendwelche Freudenschreie ins Ohr zu tröten, aber ich hielt sie zurück. Bella sagte: «Wird auch Zeit. Wie das hier aussieht.» Vater telefonierte lange, dann machte er die Terrassentür auf, lüftete, rauchte im Stehen noch eine Zigarette und seufzte tief.

Ich war wieder zu ihm gegangen, und er hatte mir den Arm um die Schultern gelegt. «Kommt sie?», fragte ich, und er nickte: «Morgen Abend.» – «Wo ist sie eigentlich?», wollte ich wissen, obwohl ich es mir schon denken konnte: bei Tante

Hedwig, die ihr wieder einreden würde, sie solle unsern Vater, der es zu nichts brächte, endlich verlassen. Und dann würde Tante Hedwig, die Kriegerwitwe war, seufzen und sagen: «Die besseren Männer sind im Krieg geblieben!» Im Grunde wunderte ich mich, dass Mutter zurückkam, ich an ihrer Stelle wäre weggeblieben, aber ich glaube, dazu war sie einfach zu unselbständig, es lief halt doch immer alles seinen gewohnten Gang, und zu schmerzhaften Veränderungen hatte in dieser Generation nach durchgestandenem Krieg und Heimkehr aus der Gefangenschaft niemand mehr den Mut oder auch einfach nur die Phantasie.

Am folgenden Nachmittag räumten wir das Haus auf. Die alten Zeitungen kamen in den Müll, die Küche wurde geputzt, Traudel pflückte einen klumpigen Strauß Feldblumen, und Bella bezog die Betten frisch. Ich bürstete den Hund und schrubbte mit einem Schwamm die Dreckflecken, die er gemacht hatte, vom Teppich, und unser Vater heizte den Boiler ein, nahm ein langes Bad, rasierte und parfümierte sich und ging gegen sechs Uhr abends zur Bushaltestelle.

«Ohren steif», sagte ich und hielt Traudel fest, die unbedingt mitgehen wollte. Bella war mit ihrem Freund ausgegangen, weil sie, wie sie sagte, «diese rührende Szene nicht miterleben» wollte. Ich setzte mich mit Traudel oben auf die Fensterbank, von da aus konnte man die Straße überblicken, und unser Vater ging los.

Nach einer halben Stunde kamen sie. Er trug ihren Koffer, zwischen ihnen waren etwa zwei Meter Platz, und sie schienen zu schweigen. «Mama!», sagte Traudel ergriffen und fing an zu heulen, und ich dachte: «Jetzt müssen wir wieder Pampe essen.» Sie kamen ins Haus, stellten den Koffer in die Diele und gingen sofort wieder weg.

Traudel war fassungslos. «Warum gehen sie denn wieder?», rief sie und schluchzte, und ich sagte: «Wahrscheinlich wollen sie allein sein und reden», und so war es auch, denn kaum waren sie wieder auf der Straße, fingen sie beide gleichzeitig an, heftig aufeinander einzureden und mit den Armen zu fuchteln. Sie bogen in den Feldweg zum Wäldchen ein, und nun konnte man sie für zehn Minuten nicht sehen. Ich blieb aber sitzen, weil ich wusste, dass sie dann am Waldrand wieder auftauchen mussten. Traudel ging runter, um Mutters Koffer zu beschnüffeln und den kläffenden Hund von der Leine loszumachen. Nach etwas mehr als zehn Minuten sah ich meinen Vater und meine Mutter oben am Waldrand, sie hatten sich eingehakt und gingen langsam, und fast schien es, als legte meine Mutter ihren Kopf an seine Schulter, aber vielleicht hielt sie ihn auch nur schief.

Ich hatte das Gefühl, als wären wir jetzt zwar gerettet, aber wenn es anders gekommen wäre, wäre es auch kein Untergang gewesen. Es war kein Glücksgefühl, keine Erleichterung, eher so eine Art Einmünden in einen vertrauten Hafen. Später am Abend saßen wir alle zusammen im Wohnzimmer, sogar Bella kam heim und setzte sich zu uns. Mutter war blass und sanft wie jemand, der nach einer Krankheit zum ersten Mal wieder aufsteht. Sie sah uns prüfend an, als müsse sie sich vergewissern, dass wir noch lebten und in Ordnung wären, und Vater öffnete eine Flasche Wein, goss die Gläser voll und sagte: «So, da wären wir nun wieder alle.» Molli lag zu Mutters Füßen, und Traudel saß daneben und streichelte abwechselnd Mutter und den Hund.

«Gut, dass du wieder da bist, Mama», sagte sie, «denn stell dir vor, er hätte sonst den Hund erschossen.»

ERIKA

Ich hatte das ganze Jahr hindurch gearbeitet wie eine Verrückte und fühlte mich kurz vor Weihnachten völlig leer, ausgebrannt und zerschlagen. Es war ein schreckliches Jahr gewesen, obwohl ich sehr viel Geld verdient hatte. Es war, als hätte ich zu leben vergessen. Ich hatte meine Freunde kaum gesehen und war nicht in Urlaub gefahren, meine Mahlzeiten hatte ich irgendwo zwischen Tür und Angel im Stehen eingenommen – Gyros und Krautsalat, ein Stück Pizza, ein paar Tortillas und dazu zwei, drei Margaritas –, oder ich hatte zu Hause ein paar Rühreier aus der Pfanne gegessen, vor dem Fernseher, und an vielen Tagen hatte ich auch gar nichts gegessen und nur Wein, Kaffee und Gin getrunken und war wie ein Stück Blei ins Bett gefallen, ohne die Post zu öffnen oder den Anrufbeantworter abzuhören, traumlos, leblos. Ich hätte gar nicht so viel arbeiten müssen, aber ich stürzte mich in jede neue Aufgabe, um nur ja nicht nachdenken zu müssen über Vaters Tod, über meine Scheidung, über die

Krankheit, die sich in mir festfraß und mir unmissverständliche Signale gab, dass ich dieses Tempo nicht mehr lange würde durchhalten können. Ein paar Tage vor Weihnachten – ich war gerade nach Hause gekommen und hatte mich vor Erschöpfung nach einem Sechzehn-Stunden-Tag einfach in Mantel und Stiefeln der Länge nach auf den Teppich gelegt und nur noch ganz flach geatmet – klingelte das Telefon. Normalerweise hebe ich nie ab. Ich lasse den Apparat laufen und höre mit, wer anruft, und meist schüttelt es mich dann vor Entsetzen, wem ich da beinahe durch einen Griff zum Hörer in die Falle gegangen wäre. Aber an diesem Abend nahm ich sofort ab, ohne nachzudenken, es war ein Reflex. Das Telefon stand neben mir auf dem Fußboden, und beim ersten Ton griff ich danach wie nach einem allerletzten Lebenszeichen von da draußen. «Ja!», sagte ich, und ich hätte auch genauso tonlos «Hilfe!» sagen können.

Es war Franz, und er rief mich aus Lugano an. Franz und ich hatten vor Jahren mal eine Weile zusammengelebt, uns dann aber einigermaßen friedlich getrennt und beide geheiratet. Inzwischen waren wir auch beide wieder geschieden, und er lebte in Lugano und ich in Berlin. Die Stadt saugt den letzten Tropfen Lebensblut aus mir, hält mich fest und lässt mich nicht atmen und nicht gehen und zersetzt mich mit ihrer Aggressivität wie Rost ein altersschwaches Auto. Berlin lockt mich an jeder Ecke zum Saufen, zum Morden, zum Selbstmord.

Franz arbeitete in Lugano bei einem Architekten, und ab und zu schrieben wir uns alberne Karten. Manchmal traf ich seine Mutter, die so gern gesehen hätte, dass wir zusammengeblieben wären und die in Berlin langsam vermoderte, wie so viele alte Leute. Sie erzählte mir dann ein bisschen von ihm, aber Mütter wissen ja nichts von ihren Kindern, und ich erfuhr nur, dass es Franz gut gehe, und er verdiene viel, sie sei allerdings noch nie in Lugano gewesen.

«Hallo, Betty», sagte Franz am Telefon. Er ist der Einzige, der mich Betty nennt. Ich heiße Elisabeth, aber das sagt nur meine Mutter zu mir. Mein Vater nannte mich Lisa, in der Schule hieß ich Elli, und mein Mann hatte Lili zu mir gesagt. Manchmal weiß ich selbst nicht mehr, wie ich eigentlich heiße, und nenne mich bei meinem zweiten Namen: Veronika. Nur für Franz war ich Betty gewesen, und ich holte tief Luft, streifte mir die Stiefel von den Füßen und sagte: «Ach, Franz.»

«Hört sich nicht gut an, ach, Franz», sagte er. «Ist was los?»

«Ich glaube, ich bin tot», sagte ich. «Kneif mich mal.»

«Dazu müsstest du etwas näher kommen», sagte Franz, «und das ist es, weshalb ich anrufe.»

Ich machte die Augen zu und dachte an die komische Dachwohnung, in der wir zusammen gewohnt hatten. Franz hatte Bühnenbilder in verkleinertem Maßstab gebaut, und im Szenenbild von «Don Giovanni» hatten unsere beiden Hamster Kain und Abel gewohnt. Sie waren auf den kleinen Balkönchen erschienen und hatten sich geputzt, und vom Tonband spielten wir dazu Donna Annas Arie aus dem Ende des zweiten Aktes, «or sai chi l'onore rapire a me volse», und zu der Zeit haben wir furchtbar viel getrunken. Wir arbeiteten auch – er an seinen Bühnenbildern, ich für meine Zeitung, aber wir tranken Gin und Weißwein und Tequila in solchen Mengen, dass ich heute nicht mehr weiß, wie wir überhaupt morgens aus dem Bett kamen, wer all die leeren Flaschen wegbrachte und wann wir eigentlich die Katze versorgten. Einer der beiden Hamster wurde später in dem dicken Lesesessel totgedrückt – er war zwischen Sitzpolster und Lehne gekrochen –, und wir fanden ihn erst, als er zu riechen begann, und brauchten – es war bei einem Frühstück – an dem Tag den ersten Gin schon morgens, obwohl

60

im Grunde so eine letzte Regel galt: Wein ab 16 Uhr, Gin ab 20 Uhr und Tequila erst nach zehn. Was soll's, lange her.

«Warum kommst du nicht über Weihnachten zu mir nach Lugano?», fragte Franz.

«Warum sollte ich», sagte ich und freute mich irrsinnig, aber ich ließ meine Stimme ganz unten. «Kannst du ohne mich auf einmal nicht mehr leben?»

«Ich kann wunderbar leben ohne dich», sagte Franz, «und was glaubst du, wie ich das genießen werde, wenn du nach Neujahr wieder abfährst.»

Ich war noch nie in Lugano gewesen. «Wie ist Lugano», fragte ich, «grässlich?»

«Grauenhaft», sagte Franz. «Alte Häuser mit Palmen davor und mit Glyzinien bewachsen, die so ekelhaft lila blühen, überall Oleander mit diesem scheußlichen Duft und ein grässlicher See inmitten scheußlicher Berge. Und sie trinken hier diesen widerwärtigen Fendant, bei dem man schon nach vier Flaschen betrunken ist. Überleg's dir.» – «Versprichst du mir, dass wir uns die ganze Zeit streiten?», fragte ich, und Franz sagte: «Ehrenwort. Und du darfst auch keinem Menschen erzählen, dass du zu mir fährst, ich könnte dich dann unauffällig erwürgen und in den See schmeißen, gut, was?»

«Fabelhaft», sagte ich, «aber du vergisst, dass ich schon tot bin. Ich glaube nicht, dass ich es noch bis Lugano schaffe, ich schaff's ja nicht mal mehr bis in die Küche, Franz.»

«Du fliegst», sagte Franz, «bis Mailand, und dann fährst du eine Stunde mit dem Zug nach Lugano, und ich hol dich ab.»

«Hol mich nicht ab», sagte ich, «vielleicht hab ich ja Glück und das Flugzeug fällt runter, und dann wartest du umsonst.»

«Gute Idee», sagte Franz, «ich könnte auch bei Chiasso einen Baumstamm quer über die Schienen legen, dann würde dein Zug entgleisen, was hältst du davon?»

«Großartig», sagte ich und fing plötzlich an zu weinen, und Franz fragte trocken: «Freitod als willkommene Unterbrechung der Langeweile?» – «Nein», sagte ich, «der Erschöpfung, ich möchte vor Erschöpfung aus dem Fenster fallen.»

Ich dachte an unsere Katze, die eines Tages vom Dach gefallen war, einfach so, und wir hatten gedacht, das würde nie passieren. Sie war gewöhnt daran, über die Dächer zu gehen, und von unserm kleinen Balkon aus sah ich sie oft in der Sonne sitzen und sich putzen, hoch neben dem Schornstein, vor der Fernsehantenne, auf der die dicken Tauben gurrten. Eines Tages war sie gerutscht, ins

Strudeln gekommen, hatte sich vor Verwirrung nicht mehr halten können und an allen Vorsprüngen und Balkons vorbei einen geraden Sturz in die Tiefe gemacht, fünf Stockwerke, und ich sah sie bewegungslos unten liegen und war unfähig, ihr nachzulaufen.

Schließlich war Franz die Treppen runtergerannt und lange nicht wiedergekommen. Wir haben nie mehr über die Katze gesprochen, und in dem Jahr lebten wir uns auseinander, wie man wohl so sagt. Wir konnten einfach über nichts mehr ernsthaft reden, wir waren zynisch und ironisch und unehrlich miteinander, und wir litten beide darunter, aber ändern ließ es sich auch nicht mehr.

«Du wirst mich gar nicht mehr erkennen, wenn ich komme», sagte ich. «Ich bin ganz alt geworden und schlohweiß und potthässlich.» Ich zog die Nase tüchtig hoch, stand auf und warf mich in einen Sessel, um Haltung anzunehmen. «Du warst immer schon potthässlich», antwortete Franz, «ich wollte es dir nur nie sagen. Ich bin übrigens strahlend schön wie immer.»

«Gut», sagte ich, «das seh ich mir an, ich komm Heiligabend, falls da was fliegt.» Ich hatte das Gefühl, er freute sich wirklich und ich wäre irgendwie gerettet.

Ich schloss die Augen und blieb vielleicht noch eine halbe oder eine volle Stunde im Sessel liegen. Ich hörte die Geräusche im Haus, zuklappende Türen, eine Männerstimme, schnelle Schritte, und von der Straße klang Berlins böses Brummen hoch, ein brodelnder Dauerton wie kurz vor der Explosion eines Kessels, und ich stellte mir Lugano vor wie eine kleine Oase mit roten Dächern in einer Schneekugel.

Am 24. warf ich am frühen Morgen ein paar Pullover und Jeans, meine Brille, meinen Muff, ein bisschen Wäsche, Waschzeug, meine Ballerinas, ein Paar feste Schuhe, das alte schwarze Seidenkleid mit dem verblassten Rosenmuster, ein paar Bücher und meinen Reisewecker in eine Tasche und ging noch mal kurz ins KaDeWe, um elsässischen Senf für Franz zu kaufen. Es gibt dort eine Abteilung mit achtzig oder hundert verschiedenen Sorten Senf, in Gläsern und Tuben und Tontöpfen, scharf und süß und süßsauer, cremig und körnig, hellgelb bis dunkelbraun, und die ganze Perversität des Westens, die ganze unerträgliche Angeberei dieser aufgeblähten, maroden, verlogenen Stadt Berlin fließt für mich zusammen in der Unglaublichkeit dieser Senfabteilung – die Welt steht in Flammen, es ist Krieg, Menschen verhungern und schlachten sich ab, Millionen sind auf der

Flucht und haben kein Zuhause, Kinder sterben auf den Straßen, und Berlin wählt unter hundert Sorten Senf, denn nichts ist schlimmer als der falsche Senf auf dem gepflegten Abendbrottisch. Aber ich hätte auch das noch geschafft, ich wäre mit dem Fahrstuhl hochgefahren und hätte für Franz, den Zyniker, Franz, den trostlosen Intellektuellen, Franz, den Spötter mit den tiefen Falten rechts und links der Nase, ich hätte für Franz, mit dem ich so verzweifelte Nächte und so verlogene Tage verbracht habe, den grobkörnigen, dunkelgelben, süßscharfen elsässischen Senf im Tontopf mit Korkverschluss gekauft, wenn ich nicht im Parterre das Schwein gesehen hätte. Erika.

Es sah aus wie ein Mensch, und ich weiß nicht, wieso ich auf «Erika» kam, aber es war wirklich mein erster Gedanke. Das Schwein sah aus wie eine Person, die Erika hieß und aussah wie ein Schwein. Erika war fast lebensgroß, fast so groß wie ein ausgewachsenes Schwein. Sie war aus hellrosa Plüschfell, hatte vier stramme dunkelrosa Beine, einen dicken Kopf mit leicht geöffneter Schweineschnauze, weichen Ohren und etwa markstückgroßen himmelblauen Glasaugen mit einem unbeschreiblichen Ausdruck – vertrauensvoll, gutmütig, neugierig und mit einer Art gelassener Pfiffigkeit, die zu sagen schienen: Was soll all die Aufregung, nimm es, wie es kommt, sieh mich an, ich bin nur ein rosa Plüschschwein mitten im KaDeWe, aber ich bin ganz sicher, dass das Leben einen wenn auch verborgenen Sinn hat.

Ich zahlte ohne zu zögern 678,– per Kreditkarte für Erika. Meine Reisetasche musste ich mir über die Schulter hängen, für Erika brauchte ich beide Hände. Sie war erstaunlich leicht, aber enorm dick und samtweich, und sie ließ sich nur tragen, indem ich sie vor meinen Bauch presste. Ich umschlang sie mit beiden Armen. Sie legte die Vorderpfoten auf meine Schultern und die Hinterbeine rechts und links auf meine Hüften. Ihr Kopf blickte mit den blauen Augen über meine linke Schulter, und die Verkäuferin sagte: «Noch einmal streicheln!» Sie fuhr mit der Hand zwischen die aprikosenfarbenen Ohren, sanft und zärtlich, und dann blieb sie zwischen Teddys, Giraffen und Stoffkatzen zurück, und Erika und ich verließen das Kaufhaus. Die Menschen bildeten eine Gasse und ließen uns durch. Es waren die letzten Stunden vor Ladenschluss, vor Weihnachten, und alle waren gehetzt, erschöpft, entnervt von den Vorbereitungen und voller Angst vor all den Familienkrisen, die für die nächsten Tage in der Luft lagen. Aber wer Erika ansah, musste lächeln. Ein Penner, der im Eingang stand und sich im abgestandenen

Kaufhauswind wärmte, streckte verstohlen eine Hand aus und zog Erika am Hinterbein.

Ich trat auf die Straße und sah mich nach einem Taxi um. «Mein Gott, wie schön, da wird sich das Kind aber freuen!», sagte eine alte Frau und legte ehrfürchtig eine Hand auf Erikas großen weichen Kopf, und ich dachte daran, dass das Kind, auf dessen Gabentisch dieses Schwein landen würde, Franz hieß und achtunddreißig Jahre alt war. Der Taxifahrer sagte kopfschüttelnd: «Für wattie Leute allet Jeld ausjehm», und starrte Erika misstrauisch von der Seite an. Ich hatte sie neben ihn auf den Vordersitz geklemmt. Ihre dicken Pfoten lagen auf dem Armaturenbrett, und sie schaute mit ihren blauen Augen in den Berliner Straßenverkehr, der keine Logik und keine Rücksicht erkennen ließ, das war ein Kampf ums Erstersein. Ich saß mit meiner Reisetasche hinten und fühlte, wie mir Erikas breiter Nacken Ruhe und Sicherheit einflößte.

Wenn das Taxi an Ampeln oder im Stau halten musste, grinsten die Fahrer aus den Nachbarautos zu uns herüber, sie lachten, sie hupten, sie winkten, sie warfen Kusshändchen. Kinder pressten ihre Hände und Nasen an beschlagene Scheiben und wussten, dass das Weihnachtsfest für sie gelaufen war, wenn nicht so ein Schwein unter dem

Baum wäre. Die Sache machte nun sogar dem Taxifahrer Spaß.

«Ja, kiekt nur», knurrte er, «Schweinetransport», und er genoss das Aufsehen, das er mit seinem Beifahrer erregte. «Watt kostenn sowatt?», fragte er mich, als ich zahlte und ausstieg, und ich log: «Weiß ich nicht, hab ich zu Weihnachten gekriegt», weil ich mich schämte, ihm den Preis zu nennen.

Normalerweise wäre meine Reisetasche als Bordgepäck durchgegangen, aber ich durfte nicht beides mitnehmen – Erika und die Tasche –, also gab ich die Tasche auf. Erika passte in keines der übervollen, schmalen Gepäckfächer, und zum ersten Mal wurden wir getrennt. Die Stewardess setzte Erika auf einen freien Platz in der ersten Klasse, schnallte sie an und versicherte mir: «Da geht es ihm gut.» – «Ihr»; sagte ich, «sie heißt Erika.» Die Stewardess sah mich nett und leer an und ging rasch weg, und mir fehlte Erikas weiches Fell, ihr sanfter Blick, und ich geriet fast in Panik, als zum Start der Vorhang zur ersten Klasse zugezogen wurde und ich sie nicht mehr sah. Ich schloss die Augen und dachte an meinen ersten Kinderheimaufenthalt. Nach Borkum war ich geschickt worden, meiner kranken Lungen wegen. Ich war neun Jahre alt, stand am Zugfenster und weinte, und das Letzte, was ich von meiner Mutter hörte, war: «Stell dich nicht so an, die anderen Kinder heulen auch nicht.» Ja, Mutter, weil immer nur die Kinder weinen, die nicht lieb gehabt werden und tief im Herzen spüren, wie sehr die Mütter aufatmen, wenn sie sie wenigstens für vier Wochen mal abschieben können. Ich weinte, weil ich mir nicht mal sicher war, ob sie bei meiner Rückkehr überhaupt noch da sein würde oder ob sie sich in der Zwischenzeit heimlich und für immer aus dem Staub machte. Mein Vater hatte mir einen Teddy mit honiggelbem Pelz und braunen Glasaugen geschenkt. Er hieß Fritz und ich presste ihn an mein Gesicht und ließ Rotz und Tränen in sein Fell laufen, wie ich es jetzt gern mit Erika gemacht hätte, aber Erika flog erster Klasse. Mir fiel ein, dass ich mich nicht mal von meiner Mutter verabschiedet hatte, ihr auch nicht frohe Weihnachten gewünscht hatte, aber vielleicht würde sie das ja auch gar nicht merken, und außerdem konnte ich sie aus Lugano immer noch anrufen.

In Frankfurt nahm ich Erika wieder in Empfang und presste sie fest an mich, als ich für den Flug nach Mailand durch die Auslandshalle gehen musste. Auf den Lederbänken, den Chromstühlen, auf Koffern, auf dem Fußboden, überall saßen und lagen müde Menschen, die auf ihren Weiterflug warteten – Inder mit Turban, verschleierte Frauen, Schwarze in bunten Baumwollgewändern, Japaner im Einheitsanzug, plattköpfige Koreaner, magere alte Amerikanerinnen mit Pelzjäckchen und grotesken Haarfarben und Kinder, Kinder aller Nationen und Altersgruppen, essende Kinder, lesende, weinende, schlafende, Kinder auf Mutters Schoß und auf Vaters Arm, Kinder, die eine Puppe oder ein kleines Köfferchen umklammerten oder die an den großen Scheiben standen und auf die Rollbahn starrten, stumm und traurig, sich von Weihnachten nichts mehr versprechend. Die Luft war warm und abgestanden, die Halle von Lärm erfüllt, niemand sah freundlich, gelassen oder glücklich aus. Das Reisen am Heiligen Abend strengte alle Gefühle auf das äußerste an, und dann kam Erika.

Ich hatte mir ihren Rücken vor den Busen gepresst, sodass sie den Leuten ihren hellrosa Bauch zeigte und die vier stämmigen Beine in die Luft streckte. Mit ihren freundlichen blauen Glasaugen veränderte Erika in ein paar Sekunden den ganzen Raum. Der Geräuschpegel wurde raunend sanft, Gelächter war zu hören. Die Kinder standen auf, wurden von den Eltern angestoßen, geweckt, Köpfe drehten sich um, ein paar Kinder kamen angelaufen. Zaghaftes Lächeln wurde zu breitem

Lachen, in die Luft kam Bewegung, und in allen Sprachen der Welt, die ich nicht verstand, sagten kleine Jungen und Mädchen dasselbe: Oh, darf ich es anfassen? Ich nickte. Erikas Pfoten wurden gedrückt, ihr Ringelschwänzchen vorsichtig aufgerollt, ihre Ohren gekrault. Ein dunkler Junge tupfte sacht auf eines der blauen Glasaugen, und ein kleines schwarzes Mädchen mit zahllosen Perlenzöpfchen küsste Erika mitten auf die Schnauze und rannte dann schnell hinter den schützenden Rücken seiner Mutter.

Hätte ich mich in diesen Raum gestellt und zu diesen Menschen von Sanftheit und Liebe, von Harmonie und Sehnsucht, von Weihnachten, von Erlösung und Versöhnung gesprochen – niemand hätte mir zugehört. Eine peinliche Figur wäre ich gewesen, und der Wachmann hätte mich beim Arm genommen und gesagt: «Darf ich Sie zu Ihrem Flugzeug bringen?», oder: «Jetzt trinken Sie erst mal eine Tasse Kaffee.» Erika schaffte die Verzauberung durch ihre bloße Anwesenheit. Ein Schwein von solcher Größe, mit einem so milden Blick und einer derart weichen Anfassfläche vermittelte mehr Frieden auf Erden und den Menschen ein Wohlgefallen, als die Prediger aller Mitternachtsmessen das würden schaffen können. Nehmt das geschundene, verkitschte, blond gelockte Jesuskind aus den Krippen und legt ein lebensgroßes Schwein mit rosa Fell und flehenden Glasäuglein unter den Weihnachtsbaum, und ihr werdet ein Wunder erleben!

Die letzte Maschine nach Mailand war klein, fast gemütlich, nicht ausgebucht. Erika konnte neben mir sitzen und wurde von Captain Travella und seiner Crew als *sorpresa speciale* an Bord herzlich begrüßt. Ein Gast *molto strano, però simpatico,* und die fünfzehn, zwanzig Fluggäste applaudierten.

Allmählich geriet ich in eine fast ausgelassene Stimmung. In nur wenigen Stunden hatte Erika mein Leben bereits verändert, das heißt, mein Leben mit Erika war anders abgelaufen, als es das ohne Erika getan hätte: Ich hatte mit wildfremden Menschen gesprochen, sogar mit dem Taxifahrer, Leute hatten mich angestrahlt und ich hatte zurückgelacht, und überall da, wo Erika und ich aufgetaucht waren, hatten wir die Stimmung und die Gesichter der Menschen für einen Augenblick aufgehellt.

Ich bestellte mir einen Rotwein und auch einen für Erika, der kommentarlos freundlich geliefert und serviert wurde. Wir flogen über die Alpen, und ich lehnte meinen Kopf an Erikas Schulter, fühlte mich wohl und wäre gern immer so weitergeflogen, um die Welt.

In Mailand streikten die Angestellten des Flughafens. Keine Treppe wurde an das Flugzeug gefahren, kein Bus kam auf das Rollfeld, um uns zu holen, wir mussten das Flugzeug über eine Rutsche verlassen. Als ich an der Reihe war, überlegte ich, ob ich zuerst rutschen und Erika solange einem andern Passagier oben anvertrauen sollte, oder ob ich Erika mit dem Ruf «Erika, ich komme!» nach unten schicken und sofort nachkommen sollte. Die Entscheidung wurde mir durch die weit geöffneten Arme bereits unten stehender Passagiere abgenommen: «Avanti!», riefen sie, und: «Vieni, bella!», und sie meinten Erika, die auf ihrem runden Rücken nach unten rollte und in die geöffneten Arme fiel, gedrückt, geküsst und gelobt wurde: «Brava, brava!» Ich rutschte nach und nahm sie eifersüchtig in Empfang, ganz stolze Mutter eines viel beachteten Kindes. Wir mussten unsere Koffer selbst aus dem Bauch des Flugzeugs holen und dann den langen Weg übers Rollfeld zum Zollgebäude zu Fuß gehen. Die Passagiere halfen sich gegenseitig mit ihren schweren Gepäckstücken. Erika hatte eine milde Laune über all die gegossen, die sonst nur daran dachten, selbst so gut und so rasch wie möglich klarzukommen. Ein Schwein weilte unter uns und sorgte für samtene Heiterkeit am Vorweih-

73

nachtsabend. Ich bildete ein Paar mit einem großen Schwarzen, der sich zu seinem Koffer noch
meine Reisetasche über die Schulter hängte und
mir dafür sein kleines Aktenköfferchen zu tragen
gab, aber in der Mitte zwischen uns schwebte
Erika – er hielt ihre linke, ich die rechte Pfote –,
und so gingen wir über den dunkelnassen Asphalt,
von allen beneidet, denn mit Erika wäre jeder gern
gegangen, aber er war der Entschlossenste gewesen. Ich hatte sofort Lust, für den Rest des Lebens
mit diesem Schwarzen zusammenzubleiben, Erika
in der Mitte, aber er erzählte mir, dass er Mr. Wilson heiße und Weihnachten bei seiner Schwester
in Mailand verbringe, ohne seine Familie in Cleve-
land, Ohio. «A wonderful present», sagte er über
Erika, und ich erschrak bei dem Gedanken, sie
verschenken zu müssen.

Die italienischen Zollbeamten winkten mich
auf die Seite. Mr. Wilson verabschiedete sich mit
Bedauern und händigte mir meine Reisetasche aus,
aber die Tasche fand wenig Interesse bei den Zöll-
nern. Sie pikten mit den Fingern ins Schwein, ro-
chen daran, drehten es um, versuchten, ob es klapperte, und Nando musste kommen und Luigi, Mi-
chele, Danilo und Sergio, und jeder musste Erika
anfassen, begutachten, hochheben. Als sie in den
Röntgenkasten geschoben werden sollte, protes-

tierte nicht nur ich. Die Passagiere empörten sich mit mir: So ein Unsinn, ein Schwein, ein Weihnachtsgeschenk für ein Kind, nun solle man nicht päpstlicher sein als der Papst ... Schließlich holte der, den sie Danilo nannten, einen alten, schlecht gelaunten Schäferhund, der mit seiner nassen Nase auf Erika herumschnüffelte und die Drogen bei ihr suchte, nach denen man ihn süchtig gemacht hatte. Sein Interesse an Erika war so gering, dass wir endlich die Sperre passieren konnten. Mr. Wilson, in Begleitung seiner Schwester, hatte auf uns gewartet und schien erleichtert. Er zeigte auf uns, die Schwester führte die Hand zum Mund und lachte. Wir winkten uns zu, und dann verschwand er und ich suchte den Bus zum Bahnhof.

Der Busfahrer rauchte, trotz der überall angebrachten Schilder «Vietato fumare». Wir fuhren durch Straßen mit hohen, alten Häusern, die Schaufenster waren weihnachtlich geschmückt, und bunte Lichterketten flimmerten in den kahlen Bäumen der Vorgärten. Der Bus soff dreimal ab und blieb mitten auf der Straße stehen – dann fluchte der Fahrer, stieg aus, trat irgendwo dagegen, kam wieder herein, betätigte alle möglichen Hebel und es ging wieder weiter. «L'intelligenza si misura col metro» stand auf einer Wand, und ich überlegte, ob das bedeutete, dass die Intelligenz

Metro fährt oder dass sich die Intelligenz mit dem Metermaß messen ließ – mein Italienisch war für solche Feinheiten nicht gut genug. Ich hatte meine Tasche ins Gepäcknetz gelegt und hielt Erika auf dem Schoß. Ein Nordafrikaner saß müde und knurrig neben mir und sah aus dem Fenster auf all den Dreck und den Verkehr, aber ich merkte, wie er mit der einen Hand einmal kurz über Erikas dicken Hintern strich. Alle anderen Fahrgäste sahen natürlich immer wieder zu uns herüber, und jeder reagierte auf seine Weise, mit Lächeln, hochgezogenen Augenbrauen, begeistertem Kopfnicken. Ich las in einer Zeitschrift, die ich aus dem Flugzeug mitgenommen hatte. In einem Artikel über Venedig stand: «Quando sulla laguna piove zucchero, la città dei Dogi aumenta il suo incantesimo», und in Englisch übersetzt stand platt daneben: «When it's raining sugar on the lagoon, the city of the doges is an enchantment.» Ich stellte mir vor, wie ich mit Erika in Venedig wäre und wir würden zusammen Gondel fahren auf den schwarzen Kanälen, und auf den Brücken würden die Menschen stehen bleiben und dem blitzrosa Schwein auf ihren dreckigen Wassern zuwinken. Ich wurde müde und schlief an Erikas rosa Rücken fast ein, aber wir kamen am Bahnhof an, und ich musste aussteigen.

Der Mailänder Bahnhof ist groß und hoch und sehr alt und schön, mit würdigen Fenstern, geschnitztem Holz und prächtigen, fast jugendstilartigen Verzierungen. Wie auf jedem Großstadtbahnhof gab es auch hier ein Menschengewimmel, sodass man ständig geschubst und gestoßen wurde, wenn man nicht aufpasste, aber ich hatte eine Gasse, durch die ich gehen konnte. Erika sah mir mit blauen Glasaugen den Weg frei, und ich ging wie das Volk Israel durchs Rote Meer durch diesen überfüllten Weihnachtsbahnhof, und hinter mir schlossen sich die Wogen wieder.

Mein Zug war brechend voll. Kein Speisewagen, keine Möglichkeit zu entkommen, ich musste auf dem Gang stehen und mir meine Tasche zwischen die Beine klemmen. Aus dem Sechsmannabteil winkte jemand: Geben Sie mir nur Ihr Schwein, ich halte es! Erika landete auf dem Schoß einer alten Frau, die alles ausgiebig betastete und beschnüffelte, und dann wanderte sie weiter von Schoß zu Schoß, von Arm zu Arm, eifersüchtig und misstrauisch von mir bewacht. Ich bin jemand, der von Kristalllüstern in Hotels immer ein paar geschliffene Glasanhänger stiehlt, und mit hellwachen Sinnen passte ich auf, dass sich keiner an Erikas blauen Augen zu schaffen machte, ich kannte die Bosheit der Menschen, mir musste man nichts erzählen!

Ich erinnerte mich daran, wie ich an meinem Geburtstag mal mit Franz in einem sehr eleganten Lokal zum Essen war. Sie hatten ausnehmend schöne Weingläser mit einem eingeschliffenen Sternchenmuster, und ich wollte so gern eins haben. Franz nahm eins vom Tisch, winkte dem Ober und fragte: «Wir haben leider ein Glas zerbrochen, was sind wir schuldig?» – «Oh, nichts, das kann passieren», sagte der Ober natürlich, und Franz grinste und steckte das Glas ganz offiziell in meine Handtasche.

Der Zug fuhr durch eine trostlose Industrielandschaft mit zerbröckelnden Mietskasernen für die Arbeiter der Auto-, Amaretto- und Möbelwerke. Auf vielen Balkons die bunten Lichterketten, die nach Karneval aussehen, in Italien aber zu Weihnachten gehören. Blinkende Lichterketten in Palmen und Oleanderbüschen und magere Katzen in vertrockneten Vorgärten. Ich wurde plötzlich so traurig, fühlte mich so verlassen, so kläglich, so erschlagen von der Armut und dem Dreck der Welt, dass ich mit einer harschen Gebärde Erika zurückverlangte und mein Gesicht in ihren dicken weichen Nacken presste. Die Weihnachten meiner Kindheit fielen mir ein, die keine Weihnachten waren, weil meine Mutter mit Kirche und Christentum nichts zu tun haben wollte und also auch kirchliche Feiertage nicht akzeptierte. Weihnachten fand einfach nicht statt, es gab weder einen Baum noch Geschenke, und für ein Kind ist das nicht leicht zu verstehen. Ich saß im Wohnzimmer am Fenster, sah überall in der Straße die Christbäume aufleuchten und schluckte die Tränen hinunter. Franz und ich hatten uns immer einen Baum geschmückt, mit lauter verrückten Utensilien wie Küchensieben, Gabeln, Korkenziehern, aber doch mit Kerzen, und Geschenke gab es auch, und dann beleuchteten wir das Bühnenbild zu «Don Giovanni», in dem aus Fahrradbirnchen zusammengeleimte Kronleuchter hingen, hörten die Ouvertüre und versteckten Futter für Kain und Abel auf den Balkonen. Was würden Franz und ich, wir beiden Einsamen, heute Abend tun? Er hatte vielleicht etwas gekocht, und ich hatte Erika für ihn. Ob wir es schaffen würden, die zynischen Witze mal für einen Abend wegzulassen? Ob wir wirklich miteinander reden konnten, über alles, was schief gegangen war, und über Pläne und Hoffnungen? Ob ich würde sagen können: Mein Vater ist tot, ich bin so traurig und verlassen, ob ich würde sagen können: Ich bin krank, ich muss operiert werden, und ich fürchte mich so? Und würde er mir erzählen von seiner Arbeit und warum er dafür so weit geflüchtet war? Hatte er keine

Freundin? Im Leben von Franz gab es immer Frauen, sogar als er mit mir noch zusammen war, aber ich bin nicht von der eifersüchtigen Sorte – ich kann einfach keine Szenen machen, zumal ich das Gefühl kenne, sich in jemanden zu verlieben, und sei es nur für einen Abend. Was war schon dabei in einem so kurzen und endgültigen Leben. Ich fürchtete mich plötzlich vor den scharfen Falten im Gesicht von Franz, vor seinem scharfen Verstand und seinem scharfen Blick auf mich. Als der Zug nach längerem Halt und einer Zollkontrolle – Erika wurde abermals sehr ausgiebig betastet und überprüft – von Chiasso aus weiterfuhr, nächster Halt Lugano, brach mir der Schweiß aus. Ich müsste mich von Erika trennen, für Franz, der sie vielleicht gar nicht schätzen würde. Ich müsste neben Franz im Bett liegen heute Abend, und auf einmal erinnerte ich mich daran, wie verbissen und fast gewalttätig Sex in den damals letzten Wochen zwischen uns gewesen war. Wir wussten, dass wir uns trennen würden, und es war, als wollten wir vorher versuchen, uns gegenseitig zu zerstören. Am Ende waren wir matt und sanft gewesen und friedlich auseinander gegangen, aber die Wochen davor hatte jeder versucht, den anderen zu zerbrechen.

Ich konnte Franz nicht wieder sehen. Ich konnte

nicht, ich wollte nicht, es war aus zwischen uns, und nach all den Jahren waren wir auch keine Freunde mehr. O Gott, ich hätte nicht herfahren sollen, diese weite Reise, am Heiligabend, nun stand ich in diesem überfüllten Zug und fuhr in eine Stadt, die ich nicht kannte, zu einem Mann, mit dem ich fertig war und dessen Ironie ich in meinem desolaten Zustand nicht würde ertragen können. Und Erika – um keinen Preis würde ich Erika hergeben, schon gar nicht an Franz.

Als der Zug in Lugano hielt, sah ich ihn sofort. Er stand unter einer Lampe, in einem eleganten Mantel, und rauchte. Seine Augen waren zusammengekniffen und sein Gesicht schien mir noch schmaler als früher. Ich spürte eine vertraute Zärtlichkeit für ihn, den ich so gut kannte, aber gleichzeitig eine würgende Angst, ihm gegenüberzutreten, von ihm umarmt zu werden, ihn zu küssen. Ich blieb stehen, mein Gesicht in Erikas Fell gepresst, und ließ die Reisenden an mir vorbei aussteigen. Das Abteil wurde fast leer. Franz schlenderte über den Bahnsteig, suchend, er kam auch an meinem Fenster vorbei, sah flüchtig hoch, beobachtete aber sofort wieder den Bahnsteig, die Hände tief in den Taschen, die Zigarette im Mundwinkel. Franz!, dachte ich, weißt du noch, früher haben wir immer behauptet, dass Liebende ihre

81

gegenseitige Nähe spüren, sie fühlen, wenn der andere ins Lokal tritt, und drehen sich im rechten Augenblick um – das war in unserer allerersten Zeit, als wir noch so glücklich miteinander waren. In einem Lokal haben wir uns kennen gelernt, ich war an Wochenenden Aushilfskellnerin, um mein letztes Semester zu finanzieren, und du kamst an einen Tisch und studiertest so lange die Karte, dass ich schließlich auf dich zugegangen bin und gesagt habe: «Ich bin Lisa mit der Empfehlung des Tages, Hände weg vom Käsekuchen, der ist von letzter Woche, aber den Apfelkuchen kann ich nur empfehlen.» Du sahst mich verblüfft an und sagtest schlagartig: «Gut, dann nehme ich den Käsekuchen.» Wir mussten beide lachen und du sagtest: «Das ist aber ein klasse Trick, um die Reste loszuwerden», und ich sagte: «Der ist nicht von mir, er ist aus irgendeinem Film, aber er gefällt mir so gut.» – «Du gefällst mir auch gut», sagtest du, und an dem Abend lag ich schon in deinem Bett – mit uns war immer alles ganz schnell und unkompliziert gegangen.

Und genauso schnell entschied ich mich jetzt, aus diesem Zug nicht auszusteigen. Ich wollte Franz nicht wieder sehen. Ich wollte nicht, nur weil es uns beiden schlecht ging, eine alte Geschichte wieder aufwärmen. Ich wollte mich von Erika nicht trennen, und der Zug fuhr weiter, rollte aus dem Bahnhof von Lugano durch einen langen, finsteren Tunnel, und ich dachte: «Frohe Weihnachten.»

Ich stellte mir vor, wie Franz jetzt verblüfft zurückbleiben und in der Bahnhofsgaststätte einen Espresso trinken würde. Dann würde er vielleicht nach Mailand telefonieren, ob das Flugzeug pünktlich angekommen sei, er würde noch einen Zug abwarten und vielleicht noch einen, und schließlich würde er in seine elegante Wohnung über dem See zurückfahren und auf einen Anruf oder ein Telegramm warten, sein Roastbeef endlich allein essen, seinen Fendant dazu trinken und fluchend aus dem Fenster sehen und denken: «Das gibt's doch nicht, dass die kleine Betty mich so linkt.»

Ich wusste nicht, was aus mir werden sollte. Ich wusste nicht, wie weit ich fahren, wo ich übernachten würde, aber ich hatte Erika und einen Platz im leer gewordenen Abteil, auf den ich mich mit ihr setzte. Der Zug fuhr durch kleine Bahnhöfe, ohne zu halten: Taverne-Torricella, Mezzovico, Rivera-Bironico. Die Orte sahen sauber und adrett aus, hier war man in der Schweiz und nicht mehr in italienischem Durcheinander. In welcher faden Pension, in welchem Ort würde ich landen?

Ich war in Berlin mal an einem verzweiflungsvollen Nachmittag ins Kino gegangen, ohne aufs Plakat zu schauen, ohne zu wissen, welcher Film lief. Es hätte schief gehen können, aber es ging gut, und ich war in eine wunderbare Komödie mit dem dummen Titel «Ein Haar in der Suppe» geraten, hinter dem sich ein witziger und gut gemachter Film über Studenten und Künstler in Greenwich-Village verbarg. Vielleicht, dachte ich, hält der Zug in einem zauberhaften Ort, und ich steige aus und mache mein Glück, es ist alles drin. Und ich bereute keinen Augenblick, Franz auf dem Bahnhof stehen gelassen zu haben. Franz war schon eine Million Lichtjahre weit weg, und außerdem konnte man wahrscheinlich von überall nach Zürich weiterfahren und von dort aus noch nach Hause fliegen.

Der Zug fuhr jetzt langsamer. Links sah man in einem Tal eine Industrieansiedlung, rechts lagen schöne alte Villen unter hohen Zedern an einem Hügel. Ein Kastell wurde sichtbar und ein ehrwürdiges Gebäude mit der Inschrift «Istituto Santa Maria», wahrscheinlich etwas für höhere Töchter, und dann hielt der Zug kurz nach 19 Uhr in Bellinzona. Ich stieg aus und stand mit Erika auf einem fast leeren Bahnsteig. Es war kalt, und vor mir versuchte eine Taube, einen Krümel aufzupicken, aber es gelang ihr nicht, denn ihr Schnabel war mit Kaugummi verklebt. Ich verließ den Bahnhof und sah direkt gegenüber ein riesiges rosafarbenes Hotel, *Albergo internazionale*. Alle Fenster waren geschlossen, und an der Tür hing ein Schild: *chiuso*. Ich schulterte meine Tasche, presste Erika an mich und ging die Straße am Bahnhof hinunter, die aussah wie fast alle Straßen an fast allen Bahnhöfen – Boutiquen, Kaufhäuser, Jeans-Shops, Reisebüros, Armbanduhren, Tabak und Zeitschriften. Ich sah in alle Nebenstraßen hinein, und bei der dritten hatte ich Glück: *Pensione Montalbina*.

An der Tür war ein Schild: *chiuso,* aber im Parterre war hinter vorgezogenen Gardinen Licht zu sehen. Ich musste es versuchen. Ich war sicher, dass Erika mir die Türen öffnen würde. Das Jesuskind, dessen Existenz meine Mutter so gründlich bezweifelte, wurde am Heiligabend nirgends eingelassen, aber einem Plüschschwein würde man sich doch nicht verschließen können!

Eine Gardine wurde vorsichtig zurückgeschoben, und hinter der Scheibe erschien ein dicker roter Männerkopf. Mit kreisrunden Augen schaute er auf mich und winkte mit dem Zeigefinger ab. «Chiuso!», formte sein kleines fettes Mündchen, aber ich sah ihn flehend an und hielt Erika hoch.

Er starrte auf Erika, und die Gardine wurde wieder vorgezogen. Innen hörte ich ihn schlurfen, und nach langem, umständlichem Genestel wurde schließlich die Tür geöffnet. Vor mir stand ein Mann, nicht viel größer als ich, aber unermesslich dick. Der runde Kopf saß ihm halslos auf den Schultern, seine Füße hatte er sicher seit Jahren nicht sehen können unter dem mächtigen Bauch, und die feisten Arme ruderten mit abwehrender Geste rechts und links neben dem Körper. «Chiuso», sagte er, geschlossen, niemand da, und staunte Erika an. «Was ist das denn?», fragte er, und ich sagte: «Das ist ein Schwein, und wir suchen ein Zimmer für eine Nacht und ein Abendessen.» – «Ein Schwein», murmelte er, «un maiale!», und streckte die Hand aus, um Erika vorsichtig zu streicheln. «Es heißt Erika», sagte ich kühn, und der Dicke nickte ehrfürchtig und murmelte, als sei das die selbstverständlichste Sache der Welt: «Erika.» – «Bitte, lassen Sie uns rein», sagte ich, «mich und Erika. Wir wissen nicht, wohin wir sollen», und ich zeigte ihm auch vorsichtshalber, dass ich Geld hatte, um ein Zimmer zu bezahlen.

Er schüttelte den Kopf, aber eher ratlos und verzweifelt als wirklich abweisend. «Es geht nicht», sagte er, «die Pension ist bis 15. Januar geschlossen, und ich bin nur der Koch. Es ist niemand da.» – «Bitte!», sagte ich, und ich wusste selbst nicht, warum ich so hartnäckig war. Ich hätte ja auch einfach zum Bahnhof zurückgehen und nach Zürich fahren können, aber ich war müde und fror, und dieser Dicke flößte mir Vertrauen ein, nachdem ich den ganzen Tag mit der dicken weichen Erika so glücklich gewesen war. Ich wollte meinen Abend mit einem fetten Koch und einem runden Schwein verbringen.

Der Mann starrte mich lange an, und Kämpfe spielten sich in seinem Innern ab, man konnte es auf seinem Gesicht lesen. Die Stirn lag in qualvollen Falten, das Mündchen spitzte sich und stieß kleine Laute aus, die Nase bebte, und die Kugelaugen weiteten sich immer mehr. Seine Gesichtsfarbe ging von Rosa in ein dunkles Rot über, und die Ohren schienen violett, und endlich hob er die Arme, legte den Kopf schief, stieß mit dem Fuß die Tür etwas weiter auf und ließ mich eintreten. Er schloss hinter mir ab, und da stand ich nun in einem dunklen Flur, Erika im Arm, und wartete, was in diesem Jahr aus Weihnachten noch werden würde.

Der Dicke tänzelte auf zierlichen Füßen vor mir her und öffnete die Tür zu einer erstaunlich großen Küche, in der ein Kaminfeuer brannte. Ein großer Herd war an der einen Seite, umgeben von Regalen mit Gerätschaften, und an der anderen Seite stand ein riesiger gescheuerter Holztisch mit einer Bank und ein paar Stühlen. Auf dem Tisch standen ein Teller mit Salami, eine Flasche Wein und ein Kofferradio, aus dem Riccardo Cocciante sang. Der Dicke wies mir mit der Hand einen Platz am Tisch an und stand unschlüssig herum. Ich setzte mich und platzierte Erika neben mich, die ihre Pfoten brav auf die Tischplatte legte. Der Dicke konnte sich nicht satt sehen. «Erika», sagte er wieder, und: «mai visto un maiale così grande, noch nie habe ich ein so großes Schwein gesehen.»

Er nahm seinen Teller, der fast leer gegessen war, und steckte sich die letzten Salamischeiben in den Mund. «Jetzt kochen wir richtig», sagte er und band sich eine Schürze um. Er setzte einen Topf mit Wasser auf und holte Nudeln aus dem Schrank. In einer Pfanne rührte er eine Soße an, auf einem Brett hackte er frische Kräuter, vor seiner Brust schnitt er ein großes Weißbrot in Scheiben. Er arbeitete stumm, rasch und sicher, und es schien, als hätte er mich vergessen. Nur auf Erika warf er ab und zu einen Blick und murmelte ihren Namen. Mitten in seiner Arbeit stellte er mir ein Glas hin und schob mir die Weinflasche zu. Ich goss mir und auch ihm ein und hielt mein Glas hoch. «Salute», sagte ich, und er drehte sich vom Herd um und sah mich an. Er lächelte und zeigte kleine weiße Zähne. Er nahm sein Glas, stieß mit mir an und sagte: «Franco.» – «Veronika», sagte ich, und er wiederholte: «Veronika. E Erika.»

Ich streckte meine Beine aus, genoss die Wärme und schloss die Augen. Ich hörte Franco hantieren und die Spaghetti abgießen, im Radio sang jetzt Franceso de Gregori das Lied vom kleinen Italiener, der auf einem großen Schiff nach Amerika fährt. Aber er sieht nichts von Amerika, denn er ist Heizer und muss immer unten im Bauch des Schiffes bleiben, *in questa nave nera su quest'Atlantico cattivo*. Ich fühlte mich wohl und geborgen und dachte: «Adieu, Franz. Ciao, Franco.» Franco stellte einen Teller mit einer Gabel vor mich hin. Er brachte dampfende Schüsseln und fragte: «Lei non mangi?», sie isst nicht?, und zeigte auf Erika. Nein, sagte ich, aber ich hätte einen Riesenhunger, und wir fingen an zu essen. «Danke, Franco», sagte ich und legte einen Augenblick meine Hand auf seine, als wären wir alte Freunde. Er war verlegen und konnte mich nicht ansehen. Erika saß zwischen uns – Franco am Kopfende des großen Tisches, dann Erika links an der Seite, dann ich, und wir schoben die Weinflasche vor Erika hin und her, bis sie fast leer war und Franco eine

zweite holte. Er sprach ein bisschen Touristen-
deutsch, und ich radebrechte italienisch, und so
versuchten wir, uns gegenseitig zu erklären, was
uns ausgerechnet Heiligabend in diese Küche ver-
schlagen hatte. Ich log etwas von auf der Durch-
fahrt, Flugzeug verpasst, und er erzählte von Herr-
schaften, die in Urlaub waren. Er dürfe hier woh-
nen, weil er nicht nach Hause wolle. Ich fragte ihn,
warum nicht – ob er Familie hätte, wo er wohne,
und nach einer langen Pause mit stockenden An-
fängen kam dann schließlich Francos traurige Geschichte heraus – dass er vom Dorf sei, nicht hier
aus der Schweiz, sondern aus Cusino, drüben in
Italien, und jeden Tag fahre er als Koch hin und
her, denn er habe eine Frau und eine Tochter. Und
die Frau hatte ihn verlassen, gerade jetzt vor Weihnachten war sie zu einem Friseur nach Locarno
gezogen, mit dem Kind, und allein hielt er es zu
Hause nicht aus. Er sah Erika verzweifelt an und
rief: «Meine Frau war auch so dick, und ganz rosa,
so eine schöne zarte Haut!», und streckte die
Hand aus und streichelte Erika, und Tränen kamen ihm in die Augen. Ich erzählte, dass ich geschieden sei und ganz allein lebte und dass ich jemanden in Lugano besuchen wollte und dann einfach weitergefahren wäre, und ob wir nicht diesen
Abend zusammen hier bleiben könnten?

«Sisi», rief er, jaja, und holte eine Flasche Grappa und zwei Gläser. «Sie ist einfach weggefahren mit ihm», schluchzte er, «was will sie denn mit einem Friseur, der kann ja nicht mal richtig für sie kochen!» Er holte Tiramisu aus dem Kühlschrank und machte uns in großen Tassen Cappuccino. Die zweite Flasche Wein war leer, und der Grappa floss auch gut weg. Ich legte den Kopf auf den Tisch und drehte am Radio. Ich fand das Weihnachtsoratorium und drehte es laut auf: «Bereite dich, Zion, mit herrlichen Chören, den Schönsten, den Liebsten bald bei dir zu sehen», sang ich mit, denn ich war als Kind in einem Bach-Chor gewesen und konnte alle Oratorien singen. Franco wischte sich mit der Schürze die Tränen ab, putzte seine Nase und nahm Erika auf den Schoß. «So weich war sie!», rief er, «so weich, und ich habe sie immer gut behandelt. Mit einem Friseur!» Und er fing wieder an zu weinen und drückte sein Gesicht zwischen Erikas Ohren. Jauchzet, frohlocket. Ich wurde so müde und rückte meinen Stuhl näher ans Feuer. Mein Grappaglas nahm ich mit und schaute in die Flammen, die loderten und knisterten, und ich hätte gern einen Tannenzweig verbrannt, damit es nach Weihnachten gerochen hätte. «Scheißweihnachten», sagte ich und legte noch ein Stück Holz nach, und Franco sagte: «Erika», und der Kopf fiel ihm herunter.

Als ich aufwachte, war es gegen Morgen und das Feuer war ausgegangen. Steif geworden hing ich in meinem Stuhl, das Grappaglas lag in Scherben auf dem Boden. Tageslicht drang durch die Vorhänge, und quer über dem Tisch lag der dicke Franco, den Kopf auf Erika gebettet, und schlief.

Ich stand sehr leise auf, nahm meine Tasche und ging, ohne ein Geräusch zu machen. Der Schlüssel steckte in der Haustür, die ich hinter mir zuzog. Die Straße lag still und leer da, ich sah zur *Pensione Montalbina* hoch und dachte: «Alles Gute, Erika, tröste ihn, du kannst es!», und ging zum Bahnhof. Zu Hause in Berlin fand ich ein Telegramm von Franz: «Was ist los, verdammt?», und ich telegraphierte zurück: «Nichts. Adieu», und rief meine Mutter an, die noch gar nicht gemerkt hatte, dass ich weg gewesen war und dass erster Weihnachtstag war.

Taschenbücher für kleine Taschen

Roald Dahl, *Gelée Royale*
Elke Heidenreich, *Erika*
Peter Høeg, *Reise in ein dunkles Herz*
Petra Oelker, *Nebelmond*
Ernest Hemingway,
Die Hauptstadt der Welt
Rosamunde Pilcher, *Die weißen Vögel*
Kurt Tucholsky, *Rheinsberg*
Petra Hammesfahr, *Der Ausbruch*
Philip Kerr, *Durch den Spiegel
ein dunkles Bild*
Paul Auster, *Schlagschatten*

Rowohlt Taschenbuch Verlag